赣州文艺精品工程资助出版

根在家乡

陈美华◎著

江西高校出版社
JIANGXI UNIVERSITIES AND COLLEGES PRESS

图书在版编目(CIP)数据

根在家乡 / 陈美华著. -- 南昌 : 江西高校出版社, 2024. 11. -- ISBN 978 - 7 - 5762 - 5171 - 5

Ⅰ. I247.5

中国国家版本馆 CIP 数据核字第 2024PC3790 号

出版发行	江西高校出版社
社　　址	江西省南昌市洪都北大道 96 号
总编室电话	(0791)88504319
销售电话	(0791)88522516
网　　址	www. juacp. com
印　　刷	江西千叶彩印有限公司
经　　销	全国新华书店
开　　本	700 mm × 1000 mm　1/16
印　　张	11.25
字　　数	170 千字
版　　次	2024 年 11 月第 1 版
印　　次	2024 年 11 月第 1 次印刷
书　　号	ISBN 978 - 7 - 5762 - 5171 - 5
定　　价	58.00 元

赣版权登字 - 07 - 2024 - 641

序

江西省定南县陈美华女士的长篇新作《根在家乡》即将付梓。她将此书打印稿送给我，嘱我写几句话作为序言。乡友之托，盛情难却。

作家是人类灵魂的探索者。他们把笔触伸向人类情感和心理的全部领域。他们探索人类感情的各个方面，如孤独、痛苦、嫉妒、信心、自爱、仇恨、贪婪、怜悯、忧愁、自卑、恐惧、梦幻等。作家们通过艺术手法，表达人的精神和情感，论述人性的善与恶。陈美华以前出版过几部长篇小说，我在为信丰县一位青年作者的长篇小说写的序言中提到过她的创作。

赣南的文学还是很有希望的，一个个作者还在默默地耕耘。陈美华的这部《根在家乡》比以前的作品视野更开阔了，对人物的刻画也更有深度了。她的这部作品描写当下社会各种各样的人物，其中有被三角债逼得离乡背井的原房地产老板，有想轻松致富的发廊妹，有想不劳而获过花天酒地生活的乞丐王……这些人都属于弱势群体,他们是可以成为文学作品的题材的,关键是我们如何讲好他们的故事,写好他们的性格,刻画好他们的灵魂。

当前,世界已进入信息时代。新时代需要新的表达方式。但不论世界怎么变化,科学怎么发展,文学还是会存在。文学作品特别是叙事性的作品,要讲好中国故事,通过讲故事来表达作家的爱憎情感和善恶理念。中国的四大名著就把讲故事的艺术推到了极致。当代的中国小说,也继承了讲故事的传统。鲁迅的《阿Q正传》将阿Q的生存环境和心理状态描写得很典型,让读者透过阿Q的形象受到多方面的启发并产生了对民族命运的思考。我们的作家应该从中国和外国的优秀作品中借鉴经验,关于这方面的问题需要写很多文章,开很多会来研讨,不是一篇短文能说清楚的,我这里只好简要说说。

我是一个从赣南地区定南县走出去的文学写作者。我离开家乡多年,但热爱家乡的山山水水和父老乡亲,总想为家乡做一点力所能及的事。我希望我们定南能够涌现一些在全国具有影响力的作家。二十世纪八十年代,定南一批热爱文学特别是喜爱古典诗词的作者成立了一个"田园诗社",他们盛情邀请我担任这个诗社的名誉社长。我有自知之明。诗社中的成员大多数是我的前辈。我对诗社没有出什么力,但我从他们的作品中学到了很多有益的东西。新时期以来,定南又涌现了一批新作者。近年来,党和政府从精神到物质方面都给予了他们大力的支持和帮助。他们取得了很大成绩。使我感到荣幸的是,他们认我为友,给我信任。有的把作品初稿寄给我,让我作序;有的将出版的作品寄给我,让我评说。对于乡友的这些要求,凡是我能做到的,我都尽力为之,尽一份乡友之情，但效果如何就很难说了。

我上面说的这些话，是我对乡友中的文学创作者们的一片心意，但愿定南这片热土，能涌现出多位有影响力的作家，写出能够流传于世的优秀作品。余愿足矣！

缪俊杰

（缪俊杰，著名作家、评论家、古典文学研究专家，有各类著作二十余部，多部作品获奖）

目录

CONTENTS

第一章　进城

“唉!”阿牛在桂花村的圩镇上足足闲逛了五天,也没人请他做事。他遥望灰蒙蒙的天空,摸着空空如也的口袋,想起姥姥给予他的衣食无忧的生活及相依为命时的快乐,禁不住唉声叹气。

阿牛姓刘,名国强,小时候,父母都叫他阿强。自从跟随了姥姥,因他不愿读书,性格像牛一样倔,做事有股牛一样的蛮劲,大家便叫他阿牛,真名渐渐地被遗忘。

阿牛本来有个幸福、美满的家,父母、爷爷、奶奶把他当心肝宝贝宠着。坏就坏在他长了一个不像母亲又不像父亲的好看的鼻梁和一对大耳朵,害得父亲常怀疑他是不是自己的种而同母亲吵闹不休。随着他的长大,有关他的身世越说越邪乎,父母的争吵不断升级,最终分道扬镳。母亲无奈之下只好把他抱回娘家。在一个上天无路、人地无门的夜晚,母亲带着满腹的怨恨,把他丢给了姥姥,而后跑到村里的深水潭投水自尽。姥姥搂着他心如刀割,哭得呼天抢地,泪雨涟涟。她恨自己当初嫌弃下放知青江林是个外地人,死活不让女儿嫁给他,恨那些长舌妇毁了女儿的一生,更恨阿牛的父亲没脑子听信别人的挑唆。好在自己身板还硬朗,拿得起,放得下,否则,自己带个娃,叫天天不应,叫地地不灵,这以后的日子怎么熬哟。

该上学了,阿牛乖乖地去学校,才上了一年的学,因被同学嘲笑是野种,跑到雨中哭喊了半天。大病一场后,任大家如何劝,他情愿帮别人放牛,上山砍柴,死活也不愿读书,气得姥姥大喊造孽。

不上学了,阿牛倒是开心,掏鸟,抓鱼,放牛,捉青蛙。村里人谁叫他做事他都乐意去干,随叫随到,工资没有饭管饱,都是乡亲乡邻,姥姥也支持他去。

父亲第二年再婚,娶了本村一个离婚的,因生娃难产,来不及送医院人就没了。这时父亲好像醒悟了,觉得这是上天对他抛妻弃子的惩罚,既然儿子还是跟自己姓就是自己的种，是自家的根。但这时回头已经迟了，他不但没有把阿牛接回家，而且当众被姥姥骂得狗血淋头，灰溜溜地走人。为了医治心灵的伤痛，他不得不离开家乡，随村里的青壮年出外谋生。他在建筑工地做泥瓦工，不到一个月便认识了一个做小工的寡妇。她丈夫车祸身亡，有两个男孩。也许是同病相怜吧，认识才半年，他们就同居了。可他心里一直记挂着儿子，并把他的电话号码及住址告知了阿牛的姥姥，只可惜姥姥一气之下撕了。

光阴似箭，日月如梭，姥姥的身体已不如从前，日渐衰弱。转眼阿牛已二十出头，成了一个标准的男子汉，身材魁梧，四肢健壮，背稍有点驼，黝黑的脸上已经有了风霜和劳累的皱纹。他留着小平头，宽额，浓眉大眼，鼻子高挺，说话时似笑非笑，声音洪亮，眼神中常透出迷茫。村里人一说到他，都替他惋惜，堂堂一表人才的小伙子，竟是一个文盲。

“阿牛，今天帮我插秧，请你喝酒。”

“好，好。”

“阿牛，我们都打工去了，家里的农活就拜托你了。回来带好烟给你抽。”

“好，好。”

“阿牛，你大哥在公安局上班，有人欺负你就告诉你大哥，把他铐起来。”

“好，好。”

“阿牛……”

说不尽的暖心话，讲不完的嘱托。阿牛突然发现自己也是桂花村的重要角色，自尊心得到了极大的满足，腰杆挺得像电线杆一样直。

阿牛虽然没耐心，仅凭感觉做事，但是在桂花村他可算是顶梁柱、香饽饽。村里就数他最忙，工作日程几乎排得满满当当，到后来他也记不清该去哪，常常早上谁先叫他去吃早餐，便帮谁做事。他不计报酬，随雇主高兴，常拿些柴、米、油、盐、酱、醋回家，或被特许到雇主的地里摘蔬菜吃。家里子女能赚钱的，也只是象征性地给他两三块，算是工钱。随着一家家老小被接进城里谋生、一块块田地被抛荒或被政府征用，阿牛常常被晾在了一边，过惯了帮人干活的日子，早上起来，没有人叫他，突然感觉空虚和无聊。姥姥衰叹世道变了。怎么办？阿牛没有文化，在农村都难以生存，进城还能干啥？他父亲几次打电话叫他去城里打工，但姥姥不让。

自从被阿牛认为见过大世面的矮古回到村里以后，他便挖空心思地想着如何让矮古带自己进城，跟着矮古去赚大钱，吃香的、喝辣的。特别是村里人从矮古那里得知原下放在他们桂花村的知青江林当上县建设局副局长后，人人蠢蠢欲动，热血沸腾，恨不得进城里去当个包工头，赚个盆满钵满。只可惜村里的青壮年早已打工去了，留在家里的基本上是些病弱老小。阿牛的家是不用守的，自从与他相依为命的姥姥去年仙逝以后，他一人吃饱，全家不饿。

矮古名叫钟仁，因个子矮小，村里人给他取了这个外号。矮古长得贼眉鼠眼，一看就是个刁钻古怪的人，家里穷得叮当响，像他这样的家境想成家立业实属不易。自从农村分田到户以后，他在村里即使干些偷鸡摸狗的勾当也很难生存。矮古迫不得已，只好扔下患哮喘病的父亲，自己到城里去找活路。他见阿牛长得牛高马大，头脑简单，其实早就想带阿牛出去，只是阿牛的姥姥管得紧，只好作罢。

在家时，矮古就思前想后，自己矮小，凭力气赚钱肯定不行。矮古在县城的大街小巷转了两天，发现有个云南人用气功治病，既轻松又赚钱，于是想尽办法讨好他，他住哪，自己也跟着住哪，一连半个月陪着他摆摊。虽然云南人没收他为徒，他却找到了赚钱的门道。人多时他便盯着那些扒包的贼，啥也不说，只要他们一得手，他便尾随了去，说讨点饭钱，久而久之，便入了伙。因他矮小灵活，脑子反应快，收入很高，带回家的钱越来越多。他带父亲到省城大医院里治好了病，每次送钱回家，必学着老板的派头，西装革履，人模人样。可好景不长，法网恢恢，疏而不漏，第二年他便被抓去吃牢饭，一蹲就是两年。他出狱回家一看，惊呆了，父亲哮喘病复发，病入膏肓。父亲一直很内疚，觉得自己拖累了儿子，把他逼上了邪路。儿子回来的第三天，父亲因怕自己拖累儿子，便喝农药死了。他守在父亲的灵前哭了两天，茶饭不思，神志恍惚。好在村主任出面帮忙，大家凑了些钱，帮他父亲办了后事。

矮古经过生活的种种磨砺，变得玩世不恭，对自己做的事从来不掩饰。

不知情的人问他在外面打什么工，他便会说做钳工，有人骂他缺德，他便会理直气壮地说："我是在帮他们破财消灾。"

矮古这次回来，阿牛缠着他，要跟他一起去进城赚钱，这正好符合矮古的心意。阿牛高高大大，往身边一站，简直就是一个保镖。矮古心里偷着乐。

太阳从地平线上升起来了，阿牛身穿矮古帮他买的迷彩服，扛着包，提着装被子的蛇皮袋雄赳赳、气昂昂地赶往车站与矮古会合。他远远地看见矮古就像看见了雨后的满天彩虹，心情无比喜悦，激动地喊道："桂花村，再见了。"

桂花村离县城一百多里路，是安丰县最边缘的村，对从懂事起就没有去过城里的阿牛来说，城里是神奇而遥远的地方。那些从城里回来的桂花村人，每次回家都提着大包小包的东西，西装笔挺，气宇轩昂，个个看起来都像阔佬，令阿牛常常自叹不如，既神往又仰慕。特别是从城里读书回来的小孩，一说话就让阿牛觉得他们在打官腔，常把一些英文挂在嘴边。阿牛看着车上的人，突然觉得自己的穿戴不对头，他们穿的不是西装，便是夹克，或是呢子大衣。矮古是不是搞错了，或是故意让自己穿迷彩服出洋相，想到这，他刚穿迷彩服时的那份喜悦、对矮古的感激荡然无存。妈的，你自己穿西装，却让我穿迷彩服，太不够朋友了。怎么办？跟他进城靠得住吗？哼，他敢欺负我，我一拳揍扁他。想想又不对，自己进城赚钱过日子，还要求他帮忙呢，揍谁也不能揍他。不管穿迷彩服还是西装，有衣穿便得了。以前姥姥不是常对自己说不要太讲究穿戴，暖和就行了。唉，早知如此，前几年父亲说带自己进城打工，真该跟他去。有父亲在身边保护，还担心什么。对，我到县城后一定要找到父亲。阿牛左思右想，问题一大堆，还没搞清楚怎么一回事，汽车便"嘎"的一声到站了。他发现一车的人都盯着他，好像自己是异类。他对矮古的不满即刻写在脸上，只几秒钟，这种不满便被进城的喜悦赶跑了。他被城里鳞次栉比的高楼大厦、熙熙攘攘的人群、大街上打腰鼓的队伍等吸引了，觉得特稀奇，就像做梦一样。因为这些画面，以前只有在电视上才能看到，他心情激动得真想冲天大喊几声。他扛着包，提着蛇皮袋，紧紧地跟在矮古的身后，生怕一不留神就走丢了。

矮古这次回到家乡，在桂花村人王老板开的发廊里，把自己扒来的钱挥霍一空。来县城前他只得带阿牛到发廊王老板那里借了一百元，替阿牛担保借了一百元，说阿牛还不了，到时会替他还。王老板也是爽快人，从抽屉里抽出两百元，"啪"的一声放在桌面上，然后让他们签字画押。阿牛不会写字，便学矮古的样用右手大拇指沾了油印，按了一个大而清晰的手指印。阿牛按过手印以后，突然觉得自己长大了，有担当了。

他们一下车，矮古便带阿牛进凤凰酒楼饱餐了一顿。阿牛看见自己的百元大钞变成了一张五元小票，一下傻眼了。矮古见阿牛的眼睛瞪得铜锣大，不解地看着他，便拿出自己这张百元大钞安慰阿牛说："别慌，我这里还有一张呢。晚上，我带你到革命烈士纪念碑那边去睡，不花钱的，明天带你去干活，保管你吃香的、喝辣的。"

天一断黑，矮古便带了阿牛上革命烈士纪念碑，碑石下面有两个凉亭。左边那个凉亭半年前就被一个叫东生的中年男子独占了。据说年前，他用家里征地补助的十多万元，与人合伙在县城开了一家颇具规模的动漫赌博城，结果只开了四个月便撞在了枪口上，被县里禁赌扫黄的人一夜之间摧毁了。赌资没收，警察开了两部大卡车，当场装了两车赌具送到县郊区销毁，把他的发财梦瞬间就砸得粉碎。妻子带了还在读幼儿园的女儿前来苦口婆心地劝他回家，硬话软话说了一箩筐，可他就是雷打不动，啥也不说，做什么也提不起劲。妻子一气之下再也不管他了。

阿牛到另外一个凉亭把东西放好，发现对面凉亭也有人，心里便踏实了许多。他见那人裹着被子躺在凉亭的台面上蜷缩一团，自己也把带来的被子往台面上放，可他躺上去不管如何蜷缩，两条长腿就是放不下，台面太短，悬放在地上又不舒服，不得不换着法子睡，把被子直接摊在地上，这时躺着才感觉舒服。

天上的星星已陆陆续续地跳出来了，月升中天，繁星点点。

夜深了，人们早已进入了甜美的梦乡。阿牛下半夜醒来小便，突然发现睡在身边的矮古已不知去向，难道他也去小便了？阿牛大喊一声"矮古"，没人应，只听见窸窸窣窣的虫鸣声。白天所见的像块巨大广告牌似的纪念碑，此时看起来是那样雄伟、庄重、威严，在黑沉沉的夜幕笼罩下，就像电视里的擎天柱，像孙悟空的金箍棒，随时都会砸向他。一紧张，他的腿像筛糠似的簌簌发抖，软绵绵的怎么也迈不动。他仰望那碑上刻的“革命烈士纪念碑”七个大字，就像七个小飞人，随时都会向他猛扑过来。“救命啊”，阿牛突然发出一声惊叫。

“兄弟，别怕，我来跟你做伴。”东生对阿牛说。

其实阿牛叫矮古时，东生就被惊醒了。东生坐起来看阿牛想干啥，听到他喊救命，便知他被吓坏了。阿牛初来县城是为省钱才来这里过夜，而东生是来寻死的，自然对什么都不怕。

阿牛听到有人喊他“兄弟”的声音，惊恐的心平静下来，这才回到凉亭躺下，捂着被子，看着对面的凉亭直到天亮。

第二章　四海为家

阿牛饿了一天，心急如焚地等待了一天，也骂了矮古一天："妈的，昨天骗了我的一百元钱用掉，把我往纪念碑一丢，就不管我了，我看你是肉痒了，想挨揍。"

他因担心矮古回来找不到自己，哪也不敢去，上午坐等，下午饿得有气无力，躺着等。早上东生约他下山去吃点东西，可他想来想去，任凭肚子饿得咕咕叫，也舍不得花最后的五元钱。夜幕降临，山上一片寂静，阿牛没等到矮古，却等到东生又回到凉亭来睡。

"兄弟，兄弟。"东生买了一包饼干、一袋花生、两瓶矿泉水，本来夜长，便想找个人一边吃，一边聊天排遣寂寞。

阿牛静静地蜷缩在地上，饿得眼睛冒金星，连说话的力气都没有，心里有种上天无路、入地无门的感觉。东生心里一惊，不要我这个想死的没死，不想死的死了。世界之大，人海茫茫，我们俩能同卧在这野外的凉亭里也算是缘分，算是难兄难弟。他急忙走到阿牛的面前蹲下身子，掀开阿牛的被子问："你老乡回来了吗？"

阿牛摇摇头。

"你今天吃了吗？"

阿牛又摇摇头，嘴唇干裂。

"你不要命了，人是铁，饭是钢，不吃怎么行？"

东生回到凉亭，把自己买来的饼干、矿泉水递给阿牛。阿牛也不客气，接过来啥也没说，生怕他给了，会反悔要回去，急忙拿来就吃。阿牛生平第一次整天挨饿，第二天又在山上等了一天！矮古不知何故，还是没来找他。听东生的劝，阿牛豁出去了，用仅有的五元钱花去二元，买了六个包子充饥，应付了一天。第三天，东生把阿牛带到很多民工摆摊等雇主的街上去，等人雇工做事。大约十点钟，有一个家里正装修房子的中年人，因要把四方沙挑到楼上，便来这里雇人。那人在纪念碑附近锻炼身体时，曾见过阿牛，见他站在那里很拘束，不敢吭声，便知是刚进城的新手，于是走到阿牛的面前问："请你挑沙做小工，一天多少钱?"阿牛本来就是文盲，没有数字概念，有人雇他做事早已欣喜若狂，连说"随便，随便"。雇主一听便带他去了。阿牛正式开始了在城里赚钱养活自己的生涯。

阿牛很卖力地干了一天，天黑前将四方沙挑上了四楼。雇主给了他一张五十元的钞票，临走时问他："你现在住哪里？以后有事好来找你。""还住在烈士纪念碑的亭子里。"阿牛边走边回答。他捏着自己第一天在城里赚的血汗钱，心里乐开了花，真想一下飞回桂花村，让全村的人都知道他阿牛也可以在城里赚钱养活自己了。"矮古！我再也不等你了，不靠你了，下次回头找我，我叫你滚一边去。"山上是没水洗澡的，阿牛到饭店去吃米粉时，趁老板没注意，跑到卫生间去，蹲下身子痛痛快快地洗了个冷水澡。

自此，阿牛天天跑到街上去摆摊等雇主，大家知道他不会算数，每天只要能赚到解决温饱的钱，就会露出一脸灿烂的笑容。不到半个月他就名声在外，请他做事的人络绎不绝，即使其他民工揽了业务，也会邀他同去，常常是他们分完钱的余额给他，同工不同酬。大家都心知肚明，谁也不对阿牛说破，因为谁都会占他的便宜，剥削他的劳动力。可在阿牛的心里，就像过去在农村一样，做事就做事，钱多钱少，随意给他，根本没有做事的收入应拿多少才算合理的概念。只要有人请他做事他就高兴，叫他一句兄弟心里面热乎乎的，甚至老乡请他吃一餐饱饭就帮忙干。他不但不觉得吃亏，倒觉得老乡能叫自己做事是高看了自己。在老乡家进餐时，他们热情地给他斟酒、夹菜，说的奉承话令他的自尊心得到了极大的满足。在阿牛看来力气算啥，力气就像井水一样天天喷出，永远不会枯竭。酒足饭饱以后他休息一下，睡一晚，第二天照样干劲十足，像打足气的球蹦蹦跳。一有人问他家在哪，想想姥姥已去世了，在纪念碑的凉亭里睡就像在桂花村睡一样不收费，自然纪念碑的凉亭就是他的家。他晚上无拘无束地睡在凉亭里，白天便下山打工，可好景不长，住了不到一个月，自己的窝无意中被自己砸了。

一天，阿牛给人送家具，恰巧送到一位极认真的民政局局长家里。局长和蔼可亲，嘘寒问暖。他问及阿牛家住何处，听说阿牛的家就安在纪念碑的凉亭里，大惊失色。这还了得，纪念碑是我们缅怀、祭奠革命先烈的圣地，是神圣不可侵犯的地方，岂能任人践踏，据为私有？第二天，他便亲自去现场调查，结果情况属实，影响极坏。他义愤填膺，当即打110报警，把东生、阿牛赶出了凉亭，并把他们的被子等一应生活用品丢在山脚下。阿牛来到县城的第一个家瞬间化为乌有，他站在那紧张得不知所措。如果其他人端了他的老窝，他肯定会大吼一声拼命去抢，可他们是警察。东生倒是老油条似的，一点不在乎，待夜深人静时就上去睡，到后来，干脆在纪念碑的后面自己搭一个凉棚睡。民警做事也算有理有节，讲人性化，见阿牛哭丧着脸，举目无亲，站在那呆若木鸡，便叫他把东西带好，直接把他送到县救助站。阿牛听救助站的同志说，要把他送回桂花村，他急得头像货郎鼓一样，拼命摇头说："我要到城里赚钱，不回去。"民警只好用警车把他直接送到比较便宜的郊区出租屋去住。砖瓦房内有简易的卫生床，月租一百元，水电费自理。救助站先帮阿牛垫付了一个月的房租，算是帮他把家安顿好了。阿牛在桂花村时跟着姥姥住的就是这种砖瓦房，对他来说有房就是家。能在这种遮风避雨的房子里安家，白天打工赚钱，晚上到购物广场去看大屏幕的电视，享受城里人的生活，他已经很知足了。阿牛很快就恢复了正常，白天依然到街上去找活干，几乎每天都有人叫他去干活。有时他也会到同在一起摆摊的难兄难弟家里去帮他们干农活，没工资但不会饿肚子。大家见他脸上常挂着知足的笑容，羡慕他无忧无虑，天天过得开开心心。

转眼就到了年底。

春节临近，大家都忙着买年货，买车票，赶着春运前回家。阿牛也忙着回家。他要回去，他要到姥姥的墓前，告诉她，他在城里也有家了，也会赚钱过日子了，活得有滋有味，他也是个顶天立地的男子汉了。

我是一九七五年的下放知青，一九八二年回城参加工作，在企业上班不到二十年，一九九八年下岗了。为了生存，我利用自家的砖瓦房开了一家全县最低档次的腾飞旅店，民工自认为是他们的家。旧瓦房两层楼，三栋二十间房。室内有一张床、一套桌椅。客厅里有一台公用电视机，因条件简陋，生意不好，加上自己也没有经商的经验，只好把一半多的房子廉价租出去，给打工者住。如果有人要到安丰县来找最便宜的住宿,人们必然会告诉你腾飞旅店,价位五至十五元一晚。

年关将近,店里的生意特清淡。由于都怕春运车票涨价,要回家的人基本上回去了。店里只留下了躲避三角债的原房地产老板肖山,左手残疾的乞丐排骨王,在发廊做事的阿芳。热热闹闹、人气很旺的店,一时清静了许多。

"老板娘,你这里有房子租吗?"

我正在打扫客厅,一个中年男子大步流星地走进店里来问我。我抬起头细看他,中等个子,浓眉大眼,皮肤黝黑,有些偏瘦,面容显得有些憔悴。

"本来打算回家跟老婆孩子一起过年的,因打工的工资没结清,人家欠我的工资一拖再拖,现在已是春运了,火车票又贵,挤上挤下,上下车也难。"他捕捉到我疑惑的目光,急忙解释。

"这里的条件很差,你住得惯吗?"

"我哪会在乎这些,只要能住就行。"他笑着说。

"现在是生意淡季,你去看一下房间吧。"

"行,最好住楼上,干燥。我有风湿关节炎。"

他随我"咚咚咚"地上了楼,我打开十平方米左右的木板房给他看:"包水电、饮食加工费,还有这些床、桌、椅归你用,月租一百四十元,一天不足五元。我给旅客住每天七元,你包月优惠十天。"

"一天烧五个煤,四五二十元。二三得六,六十元加上水电费二十元,行。你这是旅店,要缴税,跟外面租房差不多。"他像个生意人似的在算价。

"看你说话大大咧咧,想不到会如此精打细算。"

"我们出门在外赚点钱不容易,当然要计划好。"

又过了两天,夜幕降临了,我坐在客厅里看电视。

"老板娘。"

我回头一看,原来是前几天来看房的人。

"我还不知怎么称呼你呢,什么时候搬过来住?"我心里突然有种莫名其妙的兴奋,一见如故。

"我叫张忠,就叫我老张吧,贵州人。"说到这,他便自顾自地看了一会儿电视就走了。

“唉。”看着他远去的背影，我遗憾地深深叹了一口气。

第二天，离店里不远的马路边，不知从何处搬过来一家卖体育彩票的店，我一连几天发现张忠从店里进进出出。

店里的清冷，加上对他有些好奇，我几次想过去与他打招呼，又没有这份勇气，一次买菜，恰巧碰上打着雨伞的他。

“你好，张师傅，什么时候搬过来住？”

他笑一笑，啥也没说就走了，也许他只是嘴上说说，根本看不上旧瓦房。我霎时有些后悔，没有少说二十元房租。

过小年了，春节的气氛渐浓。一辆三轮车在门口戛然而止。

“老板娘。”张忠边打招呼，边从车上搬他的行李。

我回头一看，是他，一阵惊喜，走过去帮他把东西一件件地从车上搬下来。他搬东西时干净利落，一看就觉得他是个勤快人，一个做事风风火火的人。

当帮他把行李搬上楼时，我才想起，原来他看的那间房已安排了人住，只好让他搬到前栋阿芳的隔壁去住。

“先住下吧，待那人走后，再搬过去住，隔壁住的是一个叫阿芳的女人，可能吵闹些，对不起。也怪你看房这么久了，事先没打招呼。”

“没关系。”

去年春节后，有一个左手胎生不健全的残疾人来店里包房住。他因祸得福，二十多年来闯荡江湖，四海为家，全仗了这只残肢，以乞讨为生，一年到头的收入足以维持他的生活。他爱听奉承话，一高兴便不把钱当回事。他常慷慨大方，对大家承诺，每天只要赚了五十元以上，便会买酒肉宴请大家。所以他每次来店里住，大家仿佛迎来了财神爷一般，欢呼雀跃。他每次乞讨回来，把钱往吃饭的大圆桌一倒，大家便会一拥而上，替他数钱。他则坐在边上，说他乞讨时的奇闻逸事。他常对大家说，走南闯北，到了那么多地方，就是安丰县人最善良，民风最好，环境治安也很不错，所以他隔两三个月来一次。因他煮什么菜都喜欢放排骨王香料，于是大家给他取了个外号“排骨王”。他给人的印象，一点也不自卑。他不管跟谁说话聊天，一开口便说做生意赚了多少钱,从来没说过“乞讨”二字。他长相一般,中等个子,偏胖,有啤酒肚,红光满面,走路昂首挺胸,说话口若悬河。如果不说,你根本看不出,也想象不到他是以乞讨为生的人。有一件事,说来可笑又可悲,一个颇有姿色的发廊妹,以为他是做什么生意的大老板,卖弄风骚讨好他,免费陪睡,似夫妻一般。人家问那女子何故,她说要放长线钓大鱼。后得知他是乞丐,她羞愧难当,无地自容,当天就搬走了。这让排骨王洋洋得意,见人便吹嘘,说他如何走桃花运。上次在这里过八月中秋时,排骨王就与肖山、阿芳相约,一起到腾飞旅店过春节。这不过年还有半个月,他们就急着过来了。

春节期间天气晴朗,阳光明媚,虽然是寒冬腊月,却让人感觉到春的暖意。购物广场人头攒动,欢声笑语,路边小摊琳琅满目的商品更是让人目不暇接。因在外打工的人已陆续回来过年了,不要说肖山摆象棋摊的生意很旺,连乞丐乞讨的钱也比平时多几倍。阿芳因开发廊时欠了五千元的债务,为赚钱还债更是忙得脚不着地,常深夜才回家,有时一连几天看不见她的踪影。

排骨王这两天乞讨到七百多元,肖山、阿芳他们都想趁着春节前后生意旺,狠狠地赚个盆满钵满。所以,这几天他们中饭、晚饭都在外面吃快餐。排骨王见没人听他吹牛,心里总觉得闷闷的,憋得难受,得知一个包房长住的张忠也在这里过年,一下来了精神。他想,头回生,二回熟,便主动打招呼。张忠正在吃中饭,排骨王见他瘦猴似的就着一碗青菜吃得津津有味,突然觉得在外打工真可怜,还不如自己乞讨,钱来得轻松。

“老张,晚上我请你吃饭。”排骨王像财大气粗的大老板似的,手一挥,潇洒地说。

“谢谢,不敢当。”张忠心想,你一个乞丐,靠欺骗老百姓的善良赚钱,算什么本事?再说虽同在一个屋檐下,萍水相逢,也不能这样随便吃别人的。礼尚往来,到时又得回请,有意义吗?人们常说君子之交淡如水,如果一见面就吃吃喝喝找不着北,以后还怎么相处?自己从来就不是贪小便宜的人,上次见他当街跪着乞讨,他的钱也赚得不容易。俗话说:人没有无缘无故的爱,也没有无缘无故的恨。吃了人家的嘴短,拿了人家的手软。他为什么要请我吃？难道他被钞票烧昏了头？或故意显摆，找回自己的尊严。吃青菜怎么了？我吃得舒服，吃得坦然，吃得问心无愧，吃得健健康康。我虽然穷，但穷得有骨气。

晚上，排骨王果然做了三菜一汤请张忠吃。

张忠吃了晚饭，本来想一走了之，思来想去，总觉得不妥，于是很坦然地坐在排骨王的对面，礼貌地、象征性地拿筷子把菜尝了一遍，端起给他斟上的半杯章贡酒一饮而尽。他说了句谢谢，便出了门，丢下排骨王独自享用。排骨王看着张忠远去的背影，心里的怒气直往上冒。给脸不要脸，你当你是谁，一个卖苦力的有什么可翘尾巴的。我请你是可怜你，想跟你交个朋友，你却不给我面子。他们闹着要我请客，我还得考虑再三，现客客气气地请你，却不领情。以后再不做这种蠢事了，我也真是傻到家了。他吃青菜关我屁事，他爱怎么过就怎么过，萝卜青菜，各有所爱。排骨王自斟自饮，一杯接一杯，菜也吃得差不多了，虽然一个人喝酒，却另有一番滋味。酒足饭饱之后，他望着桌上杯盘狼藉，便想起了肖山、阿芳。自从来到安丰县认识他们，吃饭时，虽然经常自己掏腰包请客，可是买、煮、炒、洗，总是他们做。把你当老大一般敬着，搜肠刮肚地说着好话逗你乐，把你当财神爷一般，什么都顺着你，想想都很开心。你把两张钞票往他们面前一摔，他们便围着你团团转，而自己则跷着二郎腿跟他们摆龙门阵，想说什么便说什么。正当排骨王喜滋滋地回味在肖山、阿芳面前当大爷时的情景，张忠回来了，而且把桂花村的阿牛也带来了。阿牛是在街上摆摊时认识张忠的。他本打算明天回家过年，在路上碰上张忠。张忠约他一起去广东搬运草酸，到店里住一晚，明天凌晨好一起赶路。阿牛听说有事干，便到店里来了。

“老张，你太不够朋友了。”排骨王一见张忠，就似赌博输红了眼，火药味十足。

张忠见他满脸通红，走路七扭八歪，知道他喝醉了，便帮他把桌子上的杯盘收进厨房，而后扶他上床躺下。

下半夜排骨王就醒了，早上起来便问张忠，自己昨晚有没说错话。张忠不置可否，问他：“你是不是要我把你买的酒、菜吃完才够朋友？”

排骨王语塞，而后笑了。

阿牛躺在床上，暖乎乎的，觉得很舒适，这是他从小到大第一次花钱住旅店，睡席梦思。他到了这里竟有种到了家的感觉和亲切。

第二天，天刚蒙蒙亮，他们便起床，乘车去广东搬运货，直干到夜深人静之时才回家。阿牛进城打工，第一次赚了一张百元大钞，正是他一直向往得到的那种红票子。他欢天喜地地手捏红票子回到租房里，一看，吓呆了，屋里除了两套换洗的工作服，被子及其他生活用品被洗劫一空。他回头找张忠，张忠帮他打了 110 报警。民警一看，阿牛的东西没一样值钱，不像是什么贼所为，倒像是有人搞恶作剧。民警一时摸不着头绪，说后面再查找，便不了了之。

阿牛本想多赚点钱回家过年，回家的愿望转眼成了泡影，不得已，只得随张忠住进了腾飞旅店。

第三章　无奈的选择

阿芳二十五岁左右，短发，个子不高，白白胖胖，爱笑，性格开朗。她随遇而安，有工做，有钱赚，能开开心心地过日子便很知足，从来没奢望过当什么老板。有一次她去桂花村王老板的发廊里睡了两个晚上，便被王老板夫妇一番朋友似的劝说动了心，最后被王老板那句“不想当将军的兵，不是好兵”的哲言鼓动得心潮澎湃，雄心勃勃。她心想，人生就是赌博，我这么年轻还赌不起吗？当即拍板，干。

阿芳回到县城发廊，因拿不出一万元转让费，便约老板娘合伙，让她先垫出转让费，以后从自己名下的股份和工资里扣。老板娘也是爽快人，答应了，第二天便和阿芳去桂花村与王老板谈妥，说好八月中秋过后接手。老板娘因安丰县城的发廊需要她管理，走不开，只能叫堂兄赖阳来管理，阿芳则常住桂花村，一心一意想着赚大钱。他们接管桂花村的发廊以后，赖总管坐镇店中。因是有悠久历史的发廊店，所以生意不断，几乎每天都有客人找上门。可是到月底，赖总管一盘算，除开房租、水电费、伙食费、招待费等，第一个月亏损，第二个月持平。七除八扣，到头来店里没赚一分钱。好在阿芳自己还存了一点钱，否则，有个头痛脑热的，连看病的钱都没有。赖总管有个今年中学刚毕业的儿子喜欢上网，儿子有个同学阿成也喜欢上网。自从阿成家里发生塌天大祸——母亲病逝，再没有人给他钱上网了，他每天眼巴巴地站在边上看人家上网。阿芳每次见他站在门口，可怜巴巴地等同学进去拿钱，便动了恻隐之心，同情心油然而生，每天给他十块。阿成也不客气，接了钱就立马去上网。

在一个月朗星疏的夜晚，赖总管的儿子又来向父亲要钱，阿芳便有意回避，说到外面去看星星。谁知打开门，一脚踏出去，她与阿成正撞个满怀，吓了一跳。

“阿成,你是个小伙子,可以打工赚钱养活自己了。”

“等身份证办下来就去打工。”

“你准备干吗?”

“我也不清楚,看运气吧。”

“我有个朋友搞装潢,我看你也去学门手艺吧。”

“行呀。”

转眼到了第三个月,赖总管可谓生财有道,利用店里几个女孩做起婚介来了。一次,他叫一个老光棍与阿芳喝茶聊天,阿芳不知其中有诈。第二天,那人领了一帮狐朋狗友,来向她索要前天给的五百元见面礼,吓得她躲在屋里大门不敢出,小门不敢迈。阿成听说了此事,立马叫了一帮同学,学香港电影里古惑仔的招数,个个拿铲的拿铲,拿棒的拿棒,一哄而上。老光棍那几个人吓得屁滚尿流,鸡飞狗跳。这件事不了了之,倒让赖总管占了便宜。此事轰动了整个桂花村,阿芳也成了桂花村家喻户晓的名人。对阿芳来说,虽然有惊无险,但想起来都后怕。她认为自己不是当老板的料,狐狸没抓到,空惹一身骚。

在一个乌云密布、细雨蒙蒙的上午,一个女子气喘吁吁地跑进发廊里,来找赖总管,说是他的亲戚。

赖总管从屋里出来,打量了一下身心疲惫的外地女子,竟想不起来是哪门子亲戚。

阿芳上街买菜时,曾多次见过这个女子,开店两个多月了,从没见她来过,想必是赖总管的相好,便有意回避。女子急了,很直率地说道:“你别走,听我说,我叫春梅,是义民的未婚妻。义民说过,赖大哥是我们家的远房亲戚。义民前天为争水灌溉的事,把人家打伤住院了。派出所把他抓起来了,不付五千元罚款,就把他送去劳动教养。他家里人叫我别去赎他,让他去吃点苦头,脾气才会改。我心疼他,再说包了二十多亩地,家里很多农活等着他干呢。我怎么办?我到他的亲戚朋友那里去借钱,谁都不相信我。因还没打结婚证,怕我拿钱跑了。我实在是走投无路了,迫不得已才找到这里来了。”女子说完泣不成声。

“这有何难，你到这里来上班吧，理发的手艺好学，学三个月就可学会，就可挣钱了。”阿芳说得极轻巧。

“不行，现在就急着要钱救他。”春梅连连摇头。

“那我就帮不到你了。”

女子一把鼻涕、一把泪地走了。

阿芳第二天又见到了春梅，只见她挑一担仔鸡在街上摆摊卖，一脸憔悴。阿芳本不想买鸡吃，出于想帮她，也买了一只。临走时，春梅眼泪汪汪，啥也没说。自此，只要春梅挑菜来卖，阿芳便会去买她的，一来二往，众人都觉得她们的关系非同一般。

一日，王老板回桂花村办事，在街上正碰见了买菜的阿芳。阿芳像是见了久别重逢的老朋友一般，拉他到僻静处，把春梅求助的事说了一遍。王老板是爽快人，当即答应帮忙。他跟阿芳一起到春梅的摊位前，当面对她说："大家都是乡亲乡邻，能帮便帮。你还差多少钱?"王老板急人所需、雪中送炭的行为，令阿芳佩服得五体投地，春梅更是感动得热泪盈眶。其实王老板早就认识春梅，这么一个聪明能干的外地女子，跟了一个烂仔似的男子，来到陌生而贫穷的桂花村，赶早摸黑，踏踏实实地创业，他在心里很佩服她。

儿子如能找到这样的媳妇，算是八辈子修来的福气。王老板相信这位女子的品德，真心诚意地愿帮助她渡过这个难关。因为她值得帮，桂花村能留下这么重情重义、自强自立的女子，桂花村就有希望。

阿芳自从亲眼看见王老板拿出三千元钱，和颜悦色地借给春梅，并收起不带任何附加条件的欠条以后，终于相信了这世上有不少好人，就看你有没有运气碰上。阿芳因自己热心为春梅牵线搭桥，解决了她的燃眉之急而沾沾自喜，觉得自己也是在积德行善。春梅凑足了五千元，当天就把未婚夫赎出来了。男子得知是在本村的王老板那里借了三千元应急，心里充满感激，立马打电话感谢王老板，说待年前卖了猪把钱还他。他们准备忙完了这阵子，就去打结婚证，不必等到春节再去领证。他们早就像夫妻一样，夫唱妇随，恩恩爱爱。

经过了这一难，阿芳与春梅的关系似朋友一般。阿芳每次上街买菜，碰上他们在街上卖农产品，都会上前问候一声，或买些他们的农产品。也许阿芳是发廊老板的缘故吧，她们的亲密关系引起了旁观者的猜疑。不知是哪个冤家，故意造谣，搬弄是非，或是长舌妇浮想联翩，说春梅赎未婚夫的钱是卖身赚来的。义民听了嗤之以鼻，肯定是被自己打伤的那个冤家，盼着自己坐牢不成，便来败坏自己的名声。俗话说三人成虎，听了那些长舌妇及亲戚朋友的怀疑，义民心里的疙瘩越来越大，家里的气氛不再和谐了。他出门时也常有人指指点点，一次累得骨头像散了架似的，一回家，屁股上便挨了父亲一棒。父亲骂道："你这败家子，八辈子的脸面被你一朝就丢尽了。"

义民也不回避，坐在凳子上任泪水簌簌长流。春梅自知老人听信了谣言，哑巴吃黄连，有苦难言。她靠在墙上，呆呆地站在那，两行泪珠像断了线的珠子直往下掉，心里似刀绞般疼痛。

义民的母亲走到春梅的面前，手抚摸着她的头说："孩子，你真傻，我们都说了别去赎他，你就是不听。"

"我对天发誓，我是清白的，要怎样证明你们才相信?"春梅声嘶力竭地吼道，悲愤如狂野的怒潮，撞击着她的心胸。

"我们相信你是个好女人，可有什么用？现在全村人都这样说，我们出门怎么见人？我儿子怎么在村里立足？我们祖祖辈辈的脸面往哪里放?"义民的父亲吼道。

春梅再也听不下去了，只觉得天摇地晃，心一个劲地往下沉，如同坠入无底深渊。她想一下冲到高高的悬崖，跳崖给桂花村的人看，以此证明自己的清白。可是刚冲出大门她便猝然倒地。"我该怎么办？我该怎么办?"春梅突然觉得自己到了穷途末路，觉得原本那样和蔼可亲的一家人，竟变得如此陌生、无情。她从地上爬起来，躺在床上，两天两夜茶饭不思，辗转难眠，心痛得要爆裂一般。未婚夫一家人对她的冷漠，令她心寒，她的心像被撕碎了似的，痛得难以忍受。她爬起来，去村诊所打了吊针，心里冷静了许多，再也不想用跳崖来证明自己的清白了。对桂花村的人来说，只有时间，只有让那些造谣生事的人良心发现，才能还自己一个清白。她知道这个家再也不能接纳自己了，自认为如此坚贞的爱情，竟是如此脆弱，在现实面前不堪一击，什么海誓山盟，什么长相知、不相疑，统统见鬼去吧。她就不信，天地之大，会找不到自己的立足之地。从诊所出来，她感觉轻松多了。她深情地望着自己曾为之奋斗、洒下过无数汗滴的山山水水，望着自己曾憧憬着在这里安营扎寨、繁衍生息的桂花村，禁不住泪流满面。她迈着坚定的步伐，心里在一遍遍地呼喊：桂花村再见了。

夜幕降临了，天灰蒙蒙的，空气里透出一股刺骨的寒意。

义民喝了两杯酒，冲进发廊店，当面就给阿芳掉了两巴掌。“你为什么要叫她去卖身赚钱，你把她拐到哪里去了？”

阿芳火冒三丈，真是好心没好报，她顺手抓起一把椅子便迎面摔过去。“我这是替春梅揍你，你这个忘恩负义的畜生，不得好死。她一直为你守身如玉，为赎你她到处求妈妈告奶奶，去你的亲戚朋友那里借钱，可没用，没人愿帮你这个人渣。如果不是碰上王老板这么仗义借钱给你，恐怕你到现在还关在牢里。”

“人言可畏，我也没办法，长辈说我们一大家族，都是土生土长、顶天立地的桂花村人，不能让一个不清不白的外地女子败了家族的门风。”

“义民，你带回的真是个难得的好女人，你们冤枉她了。”赖总管总算说了句人话。

义民踏着夜色，深一脚、浅一脚地垂头丧气地回家了。他软绵绵地躺在床上，总觉得有愧于春梅，不去找，于心不安；去找，又得挨长辈的骂。

义民年岁大了，早该成家立业了。临村有个既上得了厅堂又下得了厨房的清白女子，看他一心回家踏踏实实地搞种养，早就对他暗送秋波。现在春梅被赶走了，家里便派人说媒，一说即合，立马就商议好了双方家长见面、下聘礼定亲的日子。义民已心灰意冷，任凭双方家长摆布，他们怎么说就怎么做，像做梦一般。农村一付彩礼钱就打结婚证，长辈因怕夜长梦多，择了黄道吉日，不到半个月便把新娘风风光光、名正言顺地娶回了家。

阿芳自从春梅走了之后，总觉得是自己好心办坏事，拆散了这对苦命鸳鸯。早知如此真不该去管这事，现在桂花村的人都骂自己是害人精。上个月年轻人替自己打光棍的事,在桂花村闹得沸沸扬扬。现在春梅的出走,又与自己牵扯不清。如果不离开桂花村,说不定以后会发生什么事。阿芳本来就不想当什么老板,只是被人一鼓动,心血来潮就干上了,现在一碰壁,自然偃旗息鼓,想打道回府。总部老板娘是做大事、赚大钱的人,跟她说来去自由。赖总管盘算了一下,除了一应开销,还亏了一点。赖总管说这点亏算他的,阿芳便免了,转让费一人一半的五千元她得还。阿芳哪里存这么多钱,只好先欠着,说好半年还清。阿芳只当了三个月的发廊老板,便背了五千元的债务,灰溜溜地又回到了安丰县腾飞旅店住,回到了原来的发廊上班。

第四章　过年

排骨王答应肖山他们来安丰县过年后，就做好了当老大的准备。他一直认为有钱就是大哥，就有自尊，就能得到大家的敬重。年二十九的晚上，排骨王摔出三百元钱给肖山，让他第二天买菜做年夜饭。肖山接过钱，说句"行"便把钱往口袋里揣。不知是肖山这段时间赚钱了，腰杆有点直了，还是这段时间太累了，对排骨王施舍的三百元买菜钱，竟没一句好话，好像本该给他似的，这令排骨王心里很不是滋味。

第二天早饭后，张忠、阿牛就忙进忙出准备年夜饭。排骨王悄悄地去看阿牛买了什么菜，只见菜的数量不多，鸡、鸭、鱼、肉都齐全。阿牛为省事，把这些菜切好，放进大盆子一起蒸，满满一大盆。张忠只买了一只鸡宰了蒸，说鸡有营养。眼看十点钟了，肖山却躺着迟迟不起床，排骨王一下紧张起来，总不至于携款潜逃吧。他赶紧跑进去叫，肖山一听没好气地说："催、催、催，赶着投胎呀。"

阿芳也在睡大觉，她听排骨王叫肖山，一看时钟，哇，十点钟了，立马起床。

每逢佳节倍思亲，这是在外的游子都有的感受。肖山早就醒了，躺在床上翻来覆去，想想为了干出一番事业，被三角债逼得流落他乡，连过年都有家难回，落魄到乞丐一样，心里有种说不出的痛。虽然年前赚了八百元，想自己清清静静地买点菜独自过，可又邀了排骨王过来，再说老妈在家，自己不寄点钱回去给她过年于心何忍，所以昨天上午就寄回去了五百元，余下三百元自己用。想想春节过后雨水多，大家都忙着找事做，有谁还会跟你下棋比高低，钱还得一个当两个花。为了在排骨王那里混口饭吃，只有装孙子，想想都可笑，可气又可悲。转而一想又觉得不对，排骨王为了赚钱，在大庭广众之下乞讨下跪，看人家的脸色，还不更悲惨，我只不过是一顶一顶地给他戴高帽而已，凭一张嘴说，这有何难？俗话说，拿了人家的手短，吃了人家的嘴软，你不说说好话行吗？人家凭什么要买大鱼大肉给你吃，不就是图个心里舒坦吗？不就是想得到大家的尊重吗？罢了，只有他吃这一套，要是我，你把天下美言说尽，我也一毛不拔。奉承话，谁不会说？不值一分钱，就他蠢货一个。肖山正在胡思乱想，被排骨王一叫，心里一烦，火气就上来了。他摸摸口袋那三百元钱，心里的气立马就消了。罢了，不就是买菜吗？他赶忙起床，洗漱完毕，便来到客厅。

“你今天就在这里当老爷吧，年夜饭不用你操心，我这就去买，一切我来安排吧，包你满意。”肖山没等排骨王反应过来，便急忙上街去了。

肖山走到街上，只见男女老少都在采购年货，提着大包小包的菜欢声笑语地回家做年夜饭。他为了省工省料，私吞了一百元，余下二百元便讨价还价，买了鸡、鸭、炸鱼、花生米四个现成的，说好了配酒，剩下的钱便买了猪肉、牛肉、青菜。他买菜回来，阿芳一看，全是熟食，笑得合不拢嘴，连说“太好了，太好了”。排骨王想想，也罢，过年图个欢乐气氛，只要大家高兴便可，大鱼大肉平时吃得多了，谁还会去计较。

张忠、阿牛蒸饭时把菜一起放下去蒸，饭一熟，菜也就蒸好了。他们平时吃饭就狼吞虎咽，过年也一样，肖山他们菜还没煮好，他俩就比赛似的，很快就吃完了年夜饭。实际上在他们的潜意识里，心照不宣，尽快吃完，好把餐桌空出来。他们看看时钟，六点多了，离春晚还有一个多小时，他们俩不谋而合，饭碗一丢，便出去了。阿牛过年花了几十元钱，剩下六十多元，如果过几天不上班，吃住都会成问题。于是他想去纪念碑看看，有没有人在凉亭里住。如果可以住，过两天就搬回去住，省得花钱住旅店。张忠想自己再困难也不会去纪念碑的凉亭里睡，想看看纪念碑周边的环境，于是便同阿牛一起去。一上山，他们就发现凉亭里有一盏很亮的应急灯在晃动。张忠想还有比自己更困难的，过年连个暖和的地方都没有，四面透风。阿牛急忙冲上去看，不是别人，正是老住户东生。

“你怎么没回去过年？”东生惊奇地问。

“我屋的东西被盗了，没钱，回不去。”

“是吗？怎么还想回来跟我做伴？”

阿牛点点头，示意那个凉亭已有人。

“你去看那是谁?”

阿牛跑过去一看。

“哇,这被子是我的,怎么跑这里来了?”阿牛一声惊呼。

这时张忠上来了。“哈哈,真是踏破铁鞋无觅处,得来全不费功夫,总算抓住贼了。”

阿牛冲上前把被子一掀,只见矮古躺在地上蜷缩一团。阿牛怒不可遏地大声吼道:“我操你十八代祖宗,矮古。”声音炸雷一般大,传得很远很远。

东生走近前,轻轻地踢了矮古两脚:“我心毒,你比我还毒,把人家从乡下带进城往这鬼地方一丢,就不管人家了。过年了,为省钱,问我阿牛在哪里住,竟跑去把人家的被窝一锅端,太过分了。”

实际上,矮古自从把阿牛的铺盖卷到烈士纪念碑的凉亭以后,这几天一直感冒发烧,躺了几天,连年夜饭也没吃。阿牛他们打也好,骂也罢,他根本没力气反抗。张忠摸摸矮古的脑门,滚烫滚烫。

“不好,病情严重,赶紧送医院吧。”

阿牛听说矮古病情严重,幸灾乐祸,气一下就消了一半。

东生一听就慌了,自己与他同睡凉亭,万一他死了,公安查起来,自己也脱不了关系。于是,东生把比较值钱的小音响揣在身上,同大家一起把矮古送到就近的诊所去看病。点滴才打了一半,矮古的烧就退了。矮古解释说:“上次带阿牛出来,碰到老朋友邀自己去河源。一高兴,便把阿牛的事忘了,连夜坐火车去了河源。回家过年,家不像个家,也没意思,到安丰县城随便过个年算了。本以为阿牛回去过年了,想到他屋里住,又怕房东找麻烦,干脆把他的铺盖卷到凉亭来了。”

张忠听了半信半疑。今天是大年三十,阿牛的气也消了。矮古听说阿牛住的旅店一晚才五元钱,跟东生一商量,他们两个也不在纪念碑凉亭睡了,说一起到旅店住,一起看春晚。

一进店里,排骨王、肖山、阿芳正吃得起劲。肖山见东生他们进来,竟似见了久别重逢的朋友一般,借花献佛,立马给他们让座斟酒。“来,来,一起喝酒,春节能在一起过是缘分哪。”

东生、矮古虽然没与肖山打过交道,但一见如故,便毫不客气地围桌而坐。张忠本想躲避,连说已吃过了,肖山却热情万分,非要把他拉过去说给他敬两杯,把阿牛晾在一边。阿牛眼睁睁地看他们大碗喝酒,大口吃肉,谁也没有请他入座。东生、矮古只当是肖山请客,喝了两杯,便肖大哥长、肖大哥短,谁也没跟排骨王客气,更没人说奉承话。排骨王想说是自己花了几百元钱买的菜,可又说不出口,于是又像往常一样口若悬河:“改革开放二十年,为啥你家还没钱,人家吃菜,你喝汤,老婆孩子泪汪汪。”

“有水平,来,秀才来喝酒,敬大家一杯。”肖山端起酒赞赏地说。

张忠举杯一饮而尽,说晚饭已吃过了,便退席了。

排骨王意犹未尽,继续说:“喝酒要喝六十度,骑着摩托撞大树。”

东生、矮古听了大笑,都跟着肖山叫他秀才,并让他继续说,他们也好受教。

“挣钱的不出力,出力的不挣钱,所以我们挣钱要靠脑子……”排骨王一说完,大家连说有水平,肖山的马屁更胜一筹,说什么“共君一席话,胜读十年书”。排骨王还想发表高论,刚说了两句“新人新事新国家,各人赚钱各人花”,阿芳便笑容满面地带头鼓掌。

阿牛看排骨王像大干部做报告一般,得意扬扬地对他们说教,便以为大家不知他是乞丐,于是大声说道:“他是讨饭的,上次我看见他跪在地上讨钱。”

大家一听哑然,好在肖山反应快:“他干什么关你屁事,多嘴,我们都没他有本事。”

“啪、啪”,排骨王从腰间掏出两部手机往桌子上一摔:“你有吗?”

肖山的提醒,很快使排骨王尴尬的脸上留下了满面春风。

“今天晚上的年夜饭是排骨王请客,你能请吗?”阿芳觉得再不出面说,怕以后他再不会买肉给大家吃了。

东生、矮古反应过来,自然群起而攻之,倒把说真话的阿牛骂得狗血喷头。张忠见此情景真想臭骂他们一顿。大家同在一个屋檐下,竟如此势利,狗眼看人低,太不善良了。这些人为了一口吃的,连起码的道德、自尊也不要了,为给乞丐遮羞布,顾忌他的脸面,竟把敢说真话、做事老实本分的阿牛当过街老鼠,人人喊打。他突然对这几个吃货一阵恶心,连春晚也不想看了，邀了阿牛到外面去看放烟花。他俩一出去，年夜饭又恢复了欢乐的气氛。特别是东生、矮古一唱一和地拍马屁，又是一片平安祥和、其乐融融的气氛。排骨王又在他们面前开始发表高论了，他们则依然在胡吃海喝。

东生、矮古酒足饭饱以后，这才想起开房的事，两人每人五元开了一间三人房，然后又出来继续看春晚。今年春节能过得如此开心，享受到大年三十丰盛的年夜饭，躺在这暖和的被窝里，是他们连做梦也没想到的，都觉得春节过后要走好运了。矮古连说碰到贵人了。

大家吃完饭都在看春晚，排骨王也不顾忌，一个人在拼命胡吃海喝，腆起大肚子，边吃边说："花了钱，要吃完，不要浪费。"

阿芳有点醉了，等他吃完等得有点不耐烦，便想故意出他的洋相。

"先吃完的不管，后吃完的洗碗。"

排骨王也不觉得难堪，抹着流油的嘴巴幽默地说："我要生小孩了，不能洗。"

东生回头看他明显突起来的啤酒肚，也不笑，附和着说："这么大的肚子，是要生了。"

自然，杯盘狼藉的桌子得由阿芳来收拾，谁让她是女人呢？

大家都在等辞旧迎新的钟声响起，突然一声巨响，揭开了新年的序幕。随着这声巨响，鞭炮齐鸣，安丰县立即沸腾了，噼噼啪啪的响声连成一片，震耳欲聋，房屋仿佛也振动起来了。

肖山站起来很振奋地说："新的一年又开始了，同志们，加油。"

"对，加油。"大家附和着说完，而后散场各自回房睡觉。能睡得着吗？其他人不知道，东生、矮古便失眠了，他们辗转难眠，无论如何都很难入睡。他们聊到东方发白，才打定主意，以后再不去革命烈士纪念碑那凉亭里住了。连这五元一天的旅店都住不起，还算是男人吗？这些没有一技之长的外地人，跑到我们安丰县来，个个都活得人模人样，有滋有味，我们为什么不振作起来，开开心心地过完自己的人生呢？

第五章　我是好人

谁都说自己是好人，矮古也说自己是好人，阿牛则当场反驳说你好个屁。矮古想，我大人不计小人过，宰相肚里能撑船，不跟你阿牛这个土包子一般见识。想归想，说归说，他想当一回好人的愿望越来越迫切。

矮古自从住进腾飞旅店，心里总觉得不顺，尽管从家乡把阿牛带出来往纪念碑一丢这事，大家早已不再提，可是从大家的目光里，便知他们把自己列入了坏人的行列。他想如要在这里长期住下去，必然要改变自己的形象，要做好人，以后好跟他们混吃混喝。特别是排骨王，自恃能讨得几个钱，让他们吃得开开心心，谁跟他说话都让他三分，把他当大爷似的敬着，让那精灵鬼怪的肖山围着他团团转，连衣服也帮着他洗。矮古想，我老爸的我都没洗过，阿芳都说帮人家洗内衣内裤会倒霉，你就不怕吗？你肖山常用鄙视的目光看我，看我连乞丐都不如，说我干的不是正经职业。排骨王装可怜乞讨就是正经职业吗？你摆象棋摊就是正经职业吗？小看我，我不鸣则已，一鸣惊人，总会有一天让你们对我刮目相看。张忠倒是令人敬佩，常见他对肖山嗤之以鼻。对，无论如何我得找机会帮帮他，待以后自己跌跤时才会扶我一把。

新年刚过，每年的正月初七，县政府组织的全县企业招聘会就像例行公事，准时在购物广场拉开帷幕，搅得民工的心蠢蠢欲动。前几天，东生把小音响放得地动山摇，这几天再也沉不住气了。大家连电视也不看，心急火燎地进进出出，都想找一份既轻松、工资又高的事来做。现在人才济济，失业的大学生到处都是，可能吗？

矮古看在眼里，急在心里，觉得自己站出来做好人的时机到了，可想了几天也想不出他怎么做个好人，第二天就回桂花村。

在回县城的车上他捕捉到了一个令人振奋的特大喜讯。听说开了二十多年发廊的桂花村的王老板，赚了大钱后，已转移方向，去年就把发廊转让出去，在县城承包了私人铁厂。矮古想，办厂肯定要招工，我跟他好歹是老乡，以前一直光顾他的发廊，花了不少钱，凭这一点王老板也该给我面子，让我进厂。安丰县城就一个铁厂，就是县郊区的旺旺铁厂。他回到腾飞旅店，见一个个在客厅里垂头丧气地坐着，连电视也没心情看，便胸有成竹地当众拍着胸脯对大家说："老张别急，我明天带你去我老乡的铁厂上班。"

"矮古，你也带我去吧。"阿牛哀求说。

矮古不语，被缠得不耐烦，便说："你买瓶好酒给我喝，我就带你去。"

阿牛一听，气得跳起来，脸一横，挽起袖子就要动手："你要我的酒喝，看你是想挨揍了。"

"阿牛，住手。"张忠一声大喊。

"嘿嘿，敢诈我的酒喝，就去揍他。"阿牛余怒未消，口气却软下来了。

"你没耐心，做不了。"矮古说。

"我会好好干，反正我跟王老板也是老乡，你不带我去，我自己去。"阿牛理直气壮地说。

下午，矮古就带张忠、东生、阿牛去找王老板，结果不巧，他出去办事了。门卫打电话告知王老板，说有四位年轻力壮的民工来工厂应聘，王老板极爽快地答应了，说让他们明天就来试工。

桂花村的能人王老板，自改革开放以来，为了紧跟时代，做一个先富起来的那部分人，可谓煞费苦心，连睡觉都在想怎样才能一夜暴富，怎样才能光宗耀祖，出人头地。他经过市场调查，考证，才确定了一个致富门道——到矿上去开发廊，不用花什么本钱，找几个漂亮的姑娘，到门口一坐，一招手，大把的钞票就会滚滚而来，现实也正如他所预料的那样，生意十分红火。

他赚钱了，在县城购买了豪宅、小车。子女也长大了，女儿漂亮，儿子帅气，该成家了。可是在众人面前就是风光不起来，背后常被人指指点点。经过一年多来的深思熟虑，为了在世人面前树立光辉形象，他再三斟酌，为长远计，决定浪子回头。他到城里去办企业，承包旺旺铁厂，负责铁厂的铁石加工。上个礼拜就贴出招聘广告，招聘工人，工资一千五，上班九小时，包吃两餐，直到开业时才招到五个工人，还差很多，所以矮古他们一来便爽快地答应了。因人手不够，也为省钱，妻子只好负责煮饭，女儿负责采购，他则俨然是个小企业主。他坐在宽敞豪华的办公室里，西装笔挺，跷起二郎腿，慢慢喝茶，镇静自如，不急不躁。

矮古凭自己是老乡，不等门卫通报，就毫不犹豫地冲进办公室。

“你叫什么名字？是哪里人？”王老板打着官腔问。

矮古心里一怔，惊得瞪大眼睛，上上下下地打量王老板，突然感觉陌生。

“王老板，你开发廊时，我往你店里砸了那么多卖命钱，这么快就把我忘了？”

王老板笑笑，不置可否。

矮古得知老板娘在替他们煮饭，一阵惊喜，立马跑到厨房去与老板娘打招呼，见了老板娘就像见了久别重逢的老朋友一般喜出望外。谁知老板娘见了他连眼睛都没眨一下，仿佛一盆冷水从他的头顶上浇下，笑容陡然消失，矮古诧异地看着她。他发现老板娘除了比以前多戴了一副大圆圈金耳环，其他一切如故，心里的火憋不住直往上冒。

“老板娘，你以为你多戴了一副金耳环我就不认识你了，你剥了皮我也认识你。”

老板娘哭笑不得。

“你忘了，你那发廊赚了我多少钱，没钱就赊账……”

“别说了，快滚出去干活。”老板娘见门口站着几个人在暗暗窃笑，气急败坏地大吼一声。

矮古莫名其妙地看着她，觉得老板娘的态度太不可思议了，政策开放二十多年了，这又不是什么见不得人的事，你开了二十多年的发廊，村里人谁都知道。矮古本来想跟老乡叙旧，被老板娘一赶，把事先想好的一堆奉承话全丢到九霄云外去了。他和张忠一起拉了矿车和铁铲，进车间拉出矿石来晒。阿牛因怕被炒鱿鱼，干事特卖力，走到老板夫妇面前啥也不说，只是露出讨好的笑。

中午吃饭，老板娘的女儿也在，脸朝一边去，装作不认识，看也不看矮古一眼。矮古实在忍无可忍，正想站起来说点什么，忽然发现所有人都低着头默默吃饭，连平时爱叽里呱啦的阿牛也乖巧得一声不哼。言多必失，难道说了话会端了你们的饭碗吗？他想想老板一家人对自己的态度，突然也沉默了。

矮古看着王老板夫妇那暴发户的派头，做事装模作样、高人一等的做派，就是看不惯。赚了我们的钱，尾巴翘上天去了，老子在劳改队都不干苦累活，还会到你这里干，没门。吃了中饭，他连招呼也不打就跑掉了。王老板因矮古知道他们的底细，自己辞退他又没理由，留下他又如鲠在喉，下午收铁砂时，得知他自己走了，心中大喜。因不容易招工，怕他们会一起辞工不干，待他们下班时，他便表态说："矮古的工作你们一起干了，他名下的工资也由你们分，也就是你们三个人领四个人的工资。"自此他们便留下来了，也算是成全了矮古想做好人的愿望。阿牛在铁厂干，并不认为是矮古帮的忙，是王老板当自己是老乡给予照顾，所以，不买矮古的账，矮古说什么依然会跟他顶撞。因离上班的地方有十多里路，王老板花了五十元买了一辆二手女式单车给阿牛，他每天骑着上下班。东生则在摩托车专卖店赊账买了一辆摩托车，每天载着张忠上下班。他们三人每天一起上班，顺顺利利地做了半个月。

一天，阿牛突然失踪了，铁厂上班是流水线，一个铲，一个装，一个提放，十点多了，还不见阿牛的踪影。王老板急得跳脚，只好让东生去叫一个人来替岗。东生把电话打到店里叫肖山。肖山因市场整改，不得乱摆摊点，没有事做，见店里的民工都去铁厂打工了，早已蠢蠢欲动，只是苦于要求他最鄙视的矮古而开不了口，于是憋着劲等机会，现在东生一个电话召唤，立马就去了。

太阳落山了，燃烧的晚霞也暗淡下来，苍茫的暮色笼罩了安丰县。

上班的、做小生意的、游逛的，都已陆续回来了。东生用摩托车载着张忠、肖山风驰电掣般地回住处，刚进旅店，阿牛便扶着单车风尘仆仆地回来了。

"阿牛，今天滚哪里去了？等你一上午，害得王老板不好安排工作，只好找肖山替岗。"东生一见阿牛就火冒三丈地说。

"单车在路上坏了，不能去，我去扛米了。"

"笑话，我摩托车坏了，路上一放就去了。"

"我怕被偷。"

“破单车，鬼要！”

从这以后，王老板留下了肖山上班，接替阿牛的岗位。

阿牛这次误了工，也不知错，只说单车中途坏了的缘故。王老板自然懒得跟他多说，只跟他说，要继续到这里上班，工资从一千五降到九百，而且每天付现钱，问他是否同意。阿牛本就文盲一个，他不懂一千五比九百到底相差多少，于是很爽快地答应了。他从大家的目光之中感觉到了与众不同，可一眨眼的时间，心里很快就恢复了平衡。因为老板是老乡，而且每天下班前，可以在他女儿那里领三十元工资，还能和往常一样与他们一起同桌吃饭，享受大鱼大肉。还有一件最令他得意的事，他可以像老板一样捧着一杯热茶在厂区内到处巡视。

中途休息，东生他们累得骨头像散了架似的，拿起水勺，在水龙头那里装了一勺水，“咕咚、咕咚”地解了渴，然后找块舒服的地方坐下，再也不想动了。阿牛倒是精力过剩，手捧一杯热茶，自我感觉特好，洋洋得意地到处巡视检查工作。最后巡视到餐厅，阿牛的眼睛一下亮了，突然发现一个可疑的中年男子，穿着呢子大衣，站在餐厅东张西望，阿牛很快断定他一定不是什么好人。

“滚出去，工厂有规定，外人不准入内。”阿牛像主人一样大声呵斥，一本正经地下逐客令。

那人也不气恼，用奇怪的目光打量着一身脏兮兮的阿牛，觉得特可笑。

“你笑什么，癫仔，滚出去。”阿牛把自认为最恶毒的话骂出来了，这下可把那人的鼻子都气歪了。

“董事长，事先怎么不打个电话就来了。”王老板一见来者便热情地打招呼，嘘寒问暖。

“这人是谁?”那人指着阿牛问。

“厂里的工人。”王老板这才留意到董事长一脸的不快。

“太没素质了。”

“没事跑这里干啥？快去干活。”王老板生气地说。

“干就干，你不是老乡。”阿牛很不满地说。

这下要不要阿牛上班，王老板有些为难了，要吧，怕董事长见怪；不要吧，这么廉价的劳动力，实在太可惜了。经过仔细考虑，再三斟酌，王老板还是把阿牛辞退了。大家都知道王老板是不得已而为之，所以，谁都没有站出来替阿牛说话。春节后，阿牛在矮古的帮助下在游戏厅找到了父亲，自然不怕再次失业。

张忠、东生、肖山依然留在铁厂做事，而且干得特起劲。矮古总算实实在在地做了一回好人。

当然，东生他们在感激矮古的同时，更应该感谢王老板。

第六章　划不来不干

这个星期张忠他们只上了五天班，因受北方冷空气影响，一连五天阴雨天气，气温一下降至五到八度，没有太阳晒矿，工人就没事干，铁厂只好停工放假。张忠每天进进出出，或找朋友聊天，或到彩票店里去看一看，一刻也闲不住。

肖山无事又去摆象棋摊，该干啥干啥。

东生有时躺在被窝里唉声叹气，有时骑着摩托车跑到外面瞎转，心里暗暗叫苦，赚不了钱，欠摩托车的钱何时才能还清，再不上班，吃住都成问题。

阿牛见东生骑着摩托车到处显摆，风雨无阻，觉得特好玩，便学着东生骑了自己的破单车也去显摆，不同的是，东生光着脑袋，任凭风吹雨打，阿牛则买了一顶迷彩太阳帽，戴在头上遮风避雨。

早上东生起来洗脸刷牙，而后走到门口仰望天空。只见空中飘着蒙蒙的细雨，飘飘洒洒，像是喷散的水雾，四处弥漫着。东生喃喃地说："老天，求你了，快晴起来吧，晴了我们就有班上了。"

阿牛听后灵机一动，跑到门口对着天空喊道："老天，快下雨吧，下越大越好，最好下雪，下冰雹。"

"阿牛，烂心肝，你父亲不给你钱，早喝西北风了。"东生气愤地说。

阿牛不管东生怎么骂，继续喊，而且喊得更起劲："老天爷，快下雪、下冰雹吧。"

一个礼拜的阴雨天过后，总算露出了笑脸，天放晴了。虽然天气阴冷，也算给了打工仔一线生存的希望。当晚东生就接到了王老板的电话通知，叫他们第二天开工上班。

阿牛昨天就断粮了，这几天一直没找到父亲，今天再找不到，就得饿肚子了。他坐在店门口眼巴巴地目送东生用摩托车载着喜笑颜开的张忠、肖山去上班，摸着空空如也的口袋，也身不由己地骑着单车跟在后面去铁厂。

可王老板就是不安排他做事，叫他别再来了，阿牛心里又气又急，一怒之下骂起王老板来。一连几天，东生他们下班回来，阿牛都当着他们的面骂王老板。

东生听了大笑："换我做老板，你不讲规矩，我也不要你上班。"

至此，阿牛再也不骂王老板了，有力没处使，看着他们每天赚钱又不甘心，憋着一肚子的气，只好跑到各个赌场，找父亲要钱吃饭。

阿牛的父亲自从春节后找到他，常常自责早年没尽到父亲的责任，致使儿子成了文盲。为了弥补自己的过错，为了让自己晚年有依靠，将来有个温暖的家，父亲打算好好对待儿子。虽然与相好的女人同居多年，可她死活不跟自己去领结婚证，家不像个家，自己就像她家的长工，赚的钱都得归她，却得不到公平的待遇。那女人一不满意就叫自己滚，偶尔给儿子一点钱都要偷偷摸摸地背着她，连过年过节都不能陪着儿子过。父亲心里的憋屈无法言说，曾想与那女人分道扬镳，和儿子另起炉灶，又苦于没这个能力，自己尽管会做泥水匠，却常常失业，反倒后悔找回儿子，自讨苦吃。二十多年了，儿子没有父母亲的庇护，不也活得好好的吗？去年进城打工举目无亲，儿子靠自己赚钱打拼过日子，不也活得有滋有味吗？自从自己因怕儿子吃亏上当，被人坑，叫他划不来的事别去干，结果，儿子又不会算账，一件事本来干得好好的，被人一挑唆，划不来便不干了。儿子因被姥姥疼爱本来就不是那种刻苦耐劳的人，往往是被生活所迫才干活。都长得牛高马大的小伙子了，还要父亲掏钱给他用，唉，真是冤家，小时候没折磨人，现在长大了却要被他折腾得不得安宁。父亲自从在旅店认识了东生，被东生、矮古他们邀着一起去了两趟赌场，便起了贪念，只要有了一点钱就背着那女人去赌博，有赢有输。阿牛要钱用了便到赌场去找他。有时儿子有钱也会跑到赌场去为他助阵，父亲自知要从老虎机里赢钱，简直是异想天开，白日做梦，可就是很难戒掉。

阿牛跑到赌场找父亲要钱，父亲得知铁厂已开工了，也不给他钱，买了点水果亲自陪儿子去求王老板，希望给儿子一条活路。

王老板碍于老乡的面子，很不情愿地再次收留阿牛在铁厂上班，工资还是九百，由流水线作业调至单一晒矿。阿牛的父亲自然说了一大堆好话，千恩万谢才走。

阿牛又开始得意了。他左一铲,右一铲,很快把矿晒出去以后,一只手叉着腰,一只手端着一杯热乎乎的茶,故意站在东生他们面前细细品味。

“啊,好喝,好茶,太过瘾了,哈哈哈。”

“你别得意,我们赚的钱比你多。”东生累得上气不接下气地说。

“哈哈,太过瘾了,气死你。”

“傻瓜,领工资的时候,看你笑得出来不?到时我的工资这么厚,你就这么一点,笑哇。”东生用手比画着说。

“不可能。”阿牛转身走了,心里罩上了一层阴云,做事的劲头突然没了,他半信半疑地到处去找王老板。

“东生的工资是不是比我多?”阿牛睁大眼睛问,他不相信老乡会不照顾他。

“他一千五,你九百,你说谁更多?”王老板笑着说。

“我比他多。”阿牛从王老板温和的笑声里感觉到了一份温情,心里踏实了许多。

这两天阿牛再也没去东生他们的车间里品茶了,一想起东生比画他俩工资的厚薄,心里就不舒服,再怎么差劲,也不能比东生他们的工资差一大截呀。他想起东生的样子,自己比画细细对照了一下,就很生气。

“老子不干了。”阿牛站起来,把身边的铁铲狠命地往前一摔就走了。

早上天蒙蒙亮,东生他们就起床了,阿牛听到响声爬起来,走到东生的面前振臂一挥:“你们去吧,划不来,老子不干了。我今天要去把这两天干的工资要回来,再不去了。”

阿芳早上起来在购物广场转了一圈,直到八点多钟才回来。

“阿牛,三天打鱼,两天晒网,谁要你干?”阿芳说。

“不干了,我比东生少这么多钱。”阿牛用手比画给阿芳看。

“你跟东生比,谁上班更辛苦。”

“他,又脏又累。”阿牛心直口快地说。

“你上班轻松,钱又要多,天下哪有这种好事?”

“不管,我老爸说了划不来别干。”阿牛的头像拨货郎鼓似的拼命摇,而且他健步如飞地又跑出去了。

一个小时左右，阿牛垂头丧气地又回来了："唉，我在街上看见我老爸了，他骑摩托车太快了，没看见我。"

他骑单车去铁厂要那两天的工资，不知王老板是有意回避，还是真有事走了，两人一直没打照面，阿牛便回去了。

阿牛一连几天站在店门口，眼巴巴地目送东生他们去上班，想象着他们在厂里吃大鱼大肉时的情景，心里开始松动了，想去又不好意思说，在他山穷水尽时，终于打通了父亲的电话，好像火已上木梁似的大喊："爸，快，快，快送钱过来。我几天没去上班，没钱吃饭了。上班？我不干，你说划不来别做，我比他们的钱少好多，行，我去你那里拿钱。"电话一放，他就火急火燎地出去了，不到半个小时，提着一块猪肉笑嘻嘻地回来了。

阿牛自从有了坚强的后盾——父亲在经济上的接济，在街上摆摊，人家雇他时已学会讲价，还会挑肥拣瘦，所以雇他的人越来越少，向父亲求救的时候越来越多，尽管如此，没事做还得去摆摊等雇主。

转眼到了初夏时节，高悬在天空的火热太阳照在身上，说不出的燥热。

铁厂加工了三个月，铁矿堆满两个大车间，董事长带质检员抽样检验铁砂的含量。结果加工的矿产品全部未达标，王老板一听傻眼了，脸上的笑容陡然消失，大脑一时转不过弯来。董事长倒是和蔼可亲，很是宽容，当场表态给他一个月的时间返工，如返工后还未达标，只得终止承包合同。

张忠、东生、肖山再次失业，阿牛的心里自然平衡了许多，又可以心安理得地找父亲要钱了。

第七章　包工头

春天像孩儿脸，说变就变，昨天还是春光明媚，蓝天白云，只一夜工夫便春寒料峭，细雨蒙蒙，呜呜长啸的西北风似虎啸狼嚎，让人毛骨悚然。

张忠在打石场只做了个把礼拜，因重病缠身，胸部不适，常发烧，就回来了，这次他要求住开始看的那间房。

阿芳因怕隔壁的房间会包给素不相识的东生住，便在外面邀了一个在酒吧上班的女人住张忠原来住的那间房。这个女人不是别人，正是被桂花村人误会、被未婚夫义民抛弃的春梅。她为了尽快还清赎未婚夫时在桂花村王老板那里所借的三千元钱，在县城打了两份工，白天在售楼部上班，晚上则去酒吧上班。那天她去发廊洗头，正碰上阿芳在上班，被阿芳劝说搬来腾飞旅店一起住。春梅离开桂花村，来到城里打拼以后，她起了脱胎换骨的变化，看上去不再是村姑。春梅长得亭亭玉立，青春靓丽，一头乌黑的长发披散在肩头，短衣长裙，浑身上下散发出女性的魅力。她的到来可说是让店里蓬荜生辉，连在店里住的那些民工也突然文明礼貌起来，再不会打着赤膊在客厅看电视了，连脏话也很少说了，店里原来说话时的火药味被女子优雅的气质盖住了。阿牛与她打招呼时一口一个大美女，常引人发笑，店里的气氛空前和谐。

阿芳听着阿牛每次与春梅打招呼都毕恭毕敬地叫她大美女，看着这几个粗俗的男子在春梅面前表现出绅士般彬彬有礼的风度，把春梅当公主似的敬着，惊得她目瞪口呆。春梅的自尊心得到了极大的满足，她有种高高在上的感觉，看见他们一天到晚忙着找事做，便替他们出谋献策，说你们几个人，可以成立一个服务公司，搬运、清化粪池、疏通管道等业务都可以接下来干，工程量大就请临时工，不大就自己干。

谁当这个头呢？肖山提议让张忠当头，大家鼓掌一致通过。张忠当场表态："有业务了，叫你们不干，我的拳头可不是吃素的。"

第二天起来，肖山一句话，该干啥干啥，阿牛依然满街乱窜，见谁问谁，有时也能碰巧找到事做。矮古只要赌场能混饭吃，便不会再干让人破财消灾的勾当。张忠没找到合适的事做，为了生存，只得东干一天、西干一天，有一天没一天。

一日，春梅下班回来，满面春风地对大家通报一个好消息："我表哥已包下了电子厂一栋厂房的工程，现正缺泥瓦匠，问有没有人愿意干。我表哥说承包给你们做工也行，你们包工，他包料。你们商量一下，同意的话就到工地现场去看一下，你们报个价，这两天就可定下来。"

其他人听了只是一笑了之，唯有张忠喜出望外，激动得周身热血沸腾，一颗心扑腾扑腾叩击着胸膛。他一直想为家乡做点实事，带领父老乡亲奔小康，可自己却无能为力。家乡年年一拨拨的劳动力往外流，自己也随着大家离乡背井谋生。打工多年，苦、脏、累的活干得不少，却没赚到什么钱，有时连解决温饱都成了问题。现在有了这么好的机会，如果真包到工程做，总比替人打水泥包强。

春梅想，虽说张忠是踏踏实实、吃苦耐劳、肯干实事的人，但真包给张忠，一个外地人能应付过来吗？张忠看出她的疑虑，很真诚地说："你别担心，我打一个电话就可以把家乡十多个泥瓦匠叫来这里干。我一直帮人打工，从没做过包工头，求你帮下忙，跟你表哥说一下，给我个机会吧。肖山原来是搞房地产的老板，聘他当顾问帮我把关，一定错不了。"

春梅点点头，当即打电话给她表哥，说好第二天九点钟左右到现场看工地。

当晚，张忠失眠了，他早就盼望这一天，想尝试一下做包工头的滋味。连乞丐排骨王都知道出力不赚钱，赚钱不出力，自己苦累苦熬几十年过的是什么日子，现在有这么好的机会一定要好好把握。人们常说叫花子都有三次好运，也许自己的好运来了。他一会儿认为这个女子热心、善良，是碰上贵人了；一会儿又怀疑这么容易就答应了，会不会有什么陷阱。原来他一倒下就呼呼大睡，现在已是下半夜了，却辗转难眠。

早上起来，张忠请肖山吃了早餐，便摊牌请他当顾问，工程质量问题请他把关，除付工资以外，还给他分红。肖山自然满口答应，他心里只是有几分担心，又不好明说，只是暗暗替张忠捏一把汗。

早餐后，他们很快就去了现场，看了以后，便估算造价，做一栋两层，一层三百平方米，两层六百平方米，工价三百五十元每平方米，合计二十一万元，半年时间支付，全部材料由对方负责。

不一会儿老板来了，老板拿出他们的方案一看，工价才三百五十元每平方米，张忠说：“我请的都是老乡，是内行的大师傅，贵州到这里来回路费就要一千多元，加上你的时间又这么紧，大家都得加班加点，晚餐得给。”经过协商加两万，整数二十三万元。他们来到茶庄要了一壶好茶，坐下商谈合同的有关事宜，不到两个小时便把合同签了，说好一个礼拜后开工。

张忠拿到合同时，心里激动得乐开了花，为自己能为父老乡亲找到事做而欢欣鼓舞。他踌躇满志，第一次觉得浑身有使不完的劲。他打电话给妻子，对大哥说了他要十多名泥瓦师傅做厂房的事。两天的时间就凑齐了十五名师傅，而且还有五名女子因小孩读书要钱，也要跟着来，说来洗衣、做饭、做小工，给男人的一半工资也行。

张忠与肖山商量后答应了。老乡这边立马坐车过来，张忠则去工地的附近找房子，租了一套四室两厅带卫生间、厨房的房子。他与肖山住一间，女子住一间，男子睡两个大房间和客厅。

第五天，二十个老乡顺利到达了安丰县，张忠见了这些久别的父老乡亲，激动得热泪盈眶。他第一次体会到自己在这个世上并不孤独，在他身后有一座可以依傍的大山，想不到自己在父老乡亲心目中的分量是如此厚重。他们不辞辛苦地奔自己来了，自己一定要带领他们好好干，不能辜负了他们的重托和信任。这几天张忠忙得不可开交，购买厨具、锅盆、碗筷等等。留两个女子买菜、洗衣、做饭，其余全部到工地干。张忠在安丰县的几个朋友和阿牛也一起上阵。阿牛的父亲因会泥工活也来了，为着共同的目标，大家齐心协力，拧成一股绳。

在一个风和日丽的日子，按老板择的黄道吉日，在鞭炮齐鸣中正式开工了。大家都欢欣鼓舞，信心百倍，干得风风火火。有几个老乡则想早日干完，打道回府，因为他们为了来安丰县，把自己做了一半的事都丢下了。他们一天干十二个小时，早出晚归，披星戴月。到了第十天，张忠找老板说先付点伙食费。老板和颜悦色地说等他去找厂长要。过两天张忠再去找老板,老板便说要待一个月后根据所做的工作量再付钱。张忠没法,只得东挪西借,总算熬到了月底。张忠与肖山拦住老板的车,再次向他要钱时,老板从车窗探出头,脸一横说:“厂长不给我也没办法,他说了你们愿干就干,待全部工程做好一起结账付钱,不愿干就卷铺盖走人。”说完他一踩油门溜走了。肖山一听又是个耍赖的,明摆着想不履行合同,让他们干下去。

张忠当时一听,站在那懵了,待他清醒过来,狂怒得就像要爆炸的锅炉,大吼道:“老子不一拳把你打进火葬场就不是娘养的。”

肖山在搞房地产上磕磕碰碰,什么事没碰过,他极冷静地对张忠说:“你别慌,他们是有备而来的,明摆着想毁约。先放假让大家休整两天。”民工不知情的欢天喜地,知情的忧心忡忡。

张忠与肖山又回到了腾飞旅店。肖山倒没什么,像打了预防针一样,很平静,自己在工地上被那些民工当大爷似的供着,一个月来跟他们吃住在一起,好烟好酒招待,伙食比自己摆象棋摊时吃的还要好。所以,老板给不给钱他已无所谓,只是这些贵州民工满怀希望地奔着张忠来,拼死拼活,起早摸黑地干,眼看自己的血汗钱就要竹篮打水一场空。

张忠回到店里食不甘味,捶胸顿足,坐卧不安,心被焦虑的烈焰烤着,眼窝深陷,彻夜难眠。这才想起找那春梅问问情况,打开她的房间一看,空空如也,据说一个礼拜前就搬走了。

阿牛只在张忠那里上过几天班,因每天没现钱拿,再没去了,见一伙人都来向张忠喊着要钱,心里竟有种很幸运的感觉。东生跟张忠相处了一段时间,也算是朋友一场,见大家都围着张忠喊着要钱,手往桌子上一拍,说道:“急啥,急啥,别到这里闹,张忠昨晚在客厅坐到天亮,正想着法子让老板付钱。”

肖山出来说:“还是大家一起去找吧,人多力量大,两个人一组,找到了赶紧打电话通知大伙。”

有几个人一连几天都来找张忠要伙食费,张忠想到了找政府有关部门,找派出所报案。警察说待他们调查清楚再做处理。正当张忠心急如焚、焦头烂额时,深夜接到了一个女人的匿名电话,说老板已去了旺旺花园小区18

单元301室。张忠立马叫老乡起来，跑步赶去，五分钟便到了。张忠叫大家在楼下守住，他跟肖山及两个彪悍的老乡上楼去要钱。

张忠一见老板，气不打一处来，他抓住老板的衣襟正要揍他，被肖山急忙劝阻。

老板一见这架势就心知肚明，赔着笑脸说："本来早该跟你们结账，给你钱让老乡他们回去，只因自己这次去上海出差，一走就是几天，今天刚回。"说着他从提包里拿出两千元钱主动递给张忠，"这两千元你先拿去当伙食费，最迟后天就把全部工资付给你们。"

张忠一听，知道是缓兵之计，便说不行，最迟得明天九点钟之前。

老板见状无可奈何地说："好吧，就明天吧。"

张忠走到楼下跟大伙一说，大家心里踏实了许多。为了安全起见，留下两个人在单元门口监视。待第二天八点钟，张忠带老乡再次来到楼上时，人去楼空，不知老板什么时候跑掉了。听邻里的人出来说，这不是他的家，跟他只不过是朋友而已。

老板在他们的眼皮底下溜走了，两个监视的人被大家骂得狗血淋头，大家只得二人一组分散去找。十点钟左右，在一辆去深圳的班车里，一个正准备去深圳探望妻子的老乡发现了老板，他悄悄下车打电话叫张忠他们赶紧来车站。因怕车到点会走，他又找到站长帮忙推迟点时间，待他办完事再走。其实不到五分钟，张忠他们便打的赶到了，大家一窝蜂地来到车站，把老板从车上拖下来。以张忠的脾气早把他打得头破血流，只是被老乡时时提醒才没对他动武。

他们押着老板一路去派出所。走到门口，张忠对大家说："事情是因我包他的工程引起的，待我进去，当民警的面跟他谈判，他今天如果付不了钱给我们大伙，我就准备打他半死。如果我进去两个小时后还没有出来，你们大家就要冲进来向我要钱。"

张忠的朋友及老乡四十多个人堵在派出所门口。也许张忠的话对老板起到了震慑作用，也许工程没做完所欠的钱不多，在派出所所长的亲自调解下，老板迫不得已做了付钱的让步。因一栋才做了一层，张忠提出要付工资十万元，老板讨价还价答应给九万元，张忠说只要今天一次性全部付清就可以。老板回头看看时钟，快两个小时了，怕外面的人冲进来把事情闹大，这才打电话回家，让家人送九万元过来。张忠接了钱，长长地舒了一口气，他冲出门口，把钱举起来给大家看。他含着热泪，想说话，但嘴角抽搐几下，说不出一个字。他们的这点血汗钱来得太难了，他们除了如释重负，谁也高兴不起来。

这件事很快在全县传开了，在人们的赞叹声中，多了一份赞赏。至此，张忠为自己的包工头生涯画上了一个并不圆满的句号。他总觉得有愧于老乡，欠了老乡一份心债。虽然有惊无险，但他说再不想当什么包工头了。不管怎么说，张忠还是很感谢为他牵线搭桥的春梅，是她让自己体会到了另一种从来没有过的心境——一种沉重的负担和压力，一种为事业奋斗的喜悦，一种从没体验过的人生磨难。

春梅听说表哥毁约，欠民工的钱躲起来了，诧异得简直不敢相信这是真的。一个男人，为了那几万元民工工资，不是讲诚信妥善处理，而是做逃兵，以后还怎么在社会上立足？他不仅断了民工的活路，还把自己逼进了死胡同。她打电话给表哥好言相劝，却不听。她急得火烧火燎，于是悄悄地搬走了，并暗中寻找表哥的下落。她在酒吧上班，得知表哥的行踪时，便给张忠打电话，只是张忠心里一急没听出来。这件事不仅给张忠上了一课，也给她上了一课。但是她不怕，相信世上还是好人多。

第八章　创业

阿牛从街上溜达了一圈回到住处，他的好心情也从人挤人的繁华闹市区里带回来了，虽然口袋里只剩下两元钱，可他并不发愁，也不气馁。

“阿牛，来，这些肉给你吃。”阿芳见阿牛一块钱豆腐吃两餐，觉得可怜，端起吃剩下的肉就往阿牛的碗里倒。

“我不吃人家的剩菜，怕得病。”阿牛气得大喊大叫，端起那盆肉，毫不客气地就往馊水桶里倒。

“你去死吧，好心当作驴肝肺。”阿芳气呼呼地走到阿牛面前，故意往他穿的那双皮鞋上用劲踩了一下。

“唉哟，好痛啊。”阿牛挽起袖子正要往阿芳的腰部一掌劈下去，张忠发现后一声断喝：“住手，不要命了。”

阿牛举在空中的手臂半天才放下来。

“别理他，狗咬吕洞宾，不识好人心。”肖山不屑一顾地说。

“该打，谁叫她不给我吃。”乞丐排骨王幸灾乐祸地说。

“妈的，我是癫崽，你也是癫崽。”矮古指着阿牛自嘲地说。

“我不是癫崽。”阿牛歇斯底里地大吼一声，一拳砸在桌子上。杯子弹得跳起来，阿芳第一次发现阿牛也有男子汉大丈夫的一面，心灵深处突然对阿牛升腾起一份歉意，一份感动，一份说不清、道不明的滋味。

阿牛恶狠狠地瞪了阿芳一眼，而后跑到水龙头前放水，很仔细地洗那只被阿芳踩脏的皮鞋。

阿芳从口袋里掏出两元钱，很抱歉地对阿牛说：“阿牛，来，给你两元钱，去补鞋摊里擦鞋油吧。”

阿牛理所当然地接过钱，心里的气随之烟消云散。他怀揣着两元钱，跑到补鞋摊看了半天，看着一双双皮鞋被鞋油刷得铿亮，看着一个个硬币往那箱里丢得“哐当、哐当”响，手里那两元钱，一直舍不得往箱里丢。突然他眼前一亮，仿佛捡了个金元宝似的心里一阵狂喜：“呀，太好了。”

周围的人听阿牛冷不防地冒出一句，惊讶得面面相觑，半天说不出话来。

阿牛风风火火地回到住地，欣喜若狂地当众宣布：“我找到事做了。”

“好啊，干啥？我也去。”肖山从屋里探出头来说。

“擦皮鞋。”阿牛兴冲冲地说。

“呸，我当什么好事。”肖山很扫兴地又缩回房里去。

阿牛似当头泼了一盆冷水，站在那一动不动，两只眼睛像蒙上了一层雾，显得有些迷茫。

“行啊，阿牛，你思想也开放了，想创业了。”阿芳鼓励他说，语气是那样肯定，使阿牛如沐春风，心里就像推开一扇窗那样敞亮。

“堂堂男子汉，哪能干女人的活？”张忠摇摇头说，露出很滑稽的笑。

“男子汉就得拿得起、放得下，阿牛，我支持你。”阿芳给阿牛打气，也想看看在阿牛身上能不能发现奇迹。

“我没本钱。”阿牛双手一摊。

阿芳当即从口袋里掏出三十元钱递给阿牛，叫他去买鞋油、刷子和必要的工具，然后腾出一只小木箱给他暂时先用着，待找到木板再订个像样的。

说干就干，阿牛心情欢畅，立马接过小木箱，洗得干干净净，放在太阳底下晒干，然后跑到店里买了黑色、棕色、无色三种鞋油及三把鞋刷子回来。他腰杆挺直，底气十足，把买来的工具往箱子里一丢，大声吆喝：“擦皮鞋哟。”声音洪亮，仿佛在歌唱。

大家听了特感兴趣，不由自主地来到客厅围着阿牛直乐，都争着让他擦皮鞋，叫他在店里先开张。他一个也不擦，迫不及待地要到街上去做生意。阿芳见他连块布也没有，如何能把皮鞋擦得光亮？叫阿牛稍等，她赶忙跑进房间，从破旧的衣服上剪出两块布条递给阿牛。

“擦皮鞋哟。”阿牛自以为找到了赚钱的门道，找到了创业的项目，特兴奋，自我感觉特好，一出门便大呼小叫，本来嗓门就大，隔了两条街都能听见。

他径直来到繁华的闹市区——购物广场，很多人见了都觉得可笑，说亏他想得出来，五大三粗的小伙子，竟干这种女人做的事。阿牛找到人多的路口蹲下，脸不红，心不跳，干自己的，让别人说去。

原下放桂花村的知青江林，这天办事路过购物广场，迎面碰上踌躇满志的阿牛，捧着一只工具箱一路吆喝，不禁哑然失笑，听阿牛的口音便知是桂花村的人。他心想，小伙子牛高马大，身强力壮，也许确实没找到合适的事做，不得已而为之。见阿牛一身蛮劲，公司正缺搬运工，何不请他做呢？

“后生仔，到我的建材贸易公司来上班吧，工资每月一千五，包吃两餐。”

“不干，我在创业，做生意。”阿牛自豪地说，听对方说话的口音跟自己一样，奇怪地看着他。

“你还是改行吧，创什么业，我也算是你半个老乡，听我的没错。”

江林觉得有趣，一个民工竟也学会了打官腔，吹牛吹破天，也不过是赚点吃饭的钱，反正自己穿的皮鞋几天没打鞋油了，到哪里打都得花钱，看他手艺如何。他从裤袋里掏出两个硬币往工具箱一丢。

阿牛受宠若惊，歪着头看着江林，愣在那不知所措。

“来呀，做生意呀。”江林戏谑地说。

阿牛急忙蹲下，找出黑色的皮鞋油，紧张得往江林的皮鞋上抹。

“哎，别把我的袜子弄脏了。坐哪？没凳子怎么行，回去搬两张凳子来。”

这时江林的手机响了，看看时间，觉得自讨没趣，不该与这傻瓜浪费时间。

“快点，我有急事要办。”

“好，好，好。”阿牛一个劲地点头，紧张得大汗淋漓。

江林觉得可气又可笑，周围人多又不便发脾气。他蹲下拿起刷子、鞋油，很利索地就把皮鞋刷得油光锃亮，临走时丢下一句话“混不下去就到我那里上班”，并从上衣口袋里掏出一张名片递给阿牛。阿牛毕恭毕敬地双手接过，如获至宝，拿在手中左看右看，仿佛这不是名片，是张百元大钞。只可惜他不认识字，看了半天，也不知啥意思，他小心翼翼地把它放在贴身的口袋里，生怕会不翼而飞，急忙回家。

阿牛一进门，兴高采烈地当众宣布：“我赚钱了。”

“真的?”阿芳激动得站起来迎接。

“我要搬两张凳子去,坐下才好干。”阿牛水也没喝,兴冲冲地搬了两张凳子,一路小跑着又出去了。路上才想起还有一件重要的事没有汇报,忘了那张金贵的名片还没给他们看,特别是要让肖山知道,我阿牛也是生意人了,也有人送名片了,再不能小瞧我了。阿牛想起肖山看他时常常表现出不屑一顾的姿态,心里就不舒服。他放下凳子,摸摸口袋,名片还在,心里突然产生了莫名其妙的激动,觉得扬眉吐气了。肖山,去你妈的,有人给你送名片吗?想起过年时我说了一句排骨王是讨饭的,你带头骂得我狗血喷头,我真想揍你一顿。我现在暂且放你一马,大人不计小人过,宰相肚里能撑船。阿牛为自己选择了擦皮鞋的赚钱行业感到无上光荣,万分得意,再去擦皮鞋,热情高涨,浑身有使不完的劲,笑容一直挂在脸上。

吃中饭时,阿牛回来了,一脸的灿烂,他带回来的仿佛是价值连城的国宝,而不是钱。他左手托住六枚硬币,右手一个个地指给大家看。“哈哈,看清楚了,这就是钱,我刷皮鞋赚的钱。”他反反复复地说,不厌其烦地说。谁也不忍心扫他的兴,大家仿佛商量好了似的,口径出奇一致。阿牛听了大家的赞美以后,心满意足地把钱往口袋里一放,并得意地鼻子一哼,头一扬,这才忙着去吃中饭。

大家吃中饭时,都在议论一个话题,有人说阿牛聪明,知道另谋出路。有人说他好吃懒做,想不用劲就能赚钱。也有人打赌他干这行生存不了,用不了几天就会收摊,更多的人还是对阿牛刮目相看,说他头脑灵活,不会在一棵树上吊死。

午后,瓦蓝瓦蓝的天空,没有一丝云彩,火热的太阳炙烤大地,人们几乎躲在屋里不敢出去,有睡午觉的,有看电视聊天的。唯有阿牛兴致勃勃,精神饱满,饭碗一丢,一只手端着凳子,一只手提着工具箱,一路吆喝着又出去赚钱了。只可惜上午熙熙攘攘的购物广场,在太阳的炙烤下变得空旷无人,连个凑热闹的人都没有。

此时,一个给开店的妻子送午饭的中年人路过此地,见有人在太阳底下吆喝得如此卖力,好奇地上前一问,得知他比其他擦皮鞋的便宜,人家收两元,他才收一元。中年人把一枚硬币往工具箱一丢,坐在凳子上,跷起二郎腿，悠然自得地让阿牛服务。阿牛一阵惊喜，捡起那枚硬币往口袋里放好，抱起他的腿急忙打鞋油，直打得汗流浃背，口干舌燥，才算完工。中年人不急不躁，任由他擦得油光锃亮，才一拍屁股走人。待那人一走，阿牛从衣袋里掏出那枚硬币，正面看看，反面看看，像三伏天喝了杯冰汽水，心里美滋滋的。

“擦皮鞋哟。”阿牛拖着长音喊了半天，仿佛唱歌一般，声音在空旷的购物广场飘荡。后面再没有人找他擦皮鞋了，他有了那一块钱，也算是没有白来，心里那份沾沾自喜依然写在脸上，在太阳光的照射下显得更加灿烂。他把凳子、工具箱又拿回来了。

“赚钱了吗？”不待阿牛汇报战果，阿芳便迫不及待地问。

“赚了。”阿牛怕大家不信，特拿出那枚硬币给大家看。

阿芳见阿牛汗津津的脸上，露出一副知足的笑容，突然觉得他很可怜。

从下午到晚上，一直都在外面摆摊，回来一盘点，才赚了十二元钱，对阿牛来说已足够了，解决一天的温饱绰绰有余。

第二天，阿牛又去干了一天，收入减半，心里开始着急，声音已没有往日的清亮，中午回来，东西往沙发凳上一放，便呼哧呼哧喘气。

肖山也想当回大爷，享受一下被阿牛伺候的滋味，他把两元钱往阿牛的工具箱一丢。

“阿牛老板，来擦皮鞋。”

阿牛瞄了一眼箱子里的硬币，歪着脑袋，斜眼看肖山跷着二郎腿，一边吹着口哨、一边摇头晃脑的那份得意扬扬的神态，也不知怎么了，一股无名火在胸中直往上冒。他毫不领情地说：“不干，要擦，也只给本地人擦。”旁观者笑他愚不可及。肖山一愣，待他反应过来，赶忙从工具箱里捡回那两枚硬币：“你算什么东西，不干，我还不想给你钱呢。”

阿牛迷惑地看着众人笑，咕哝着说：“就是不给外地人擦。”

第三天，阿牛正起劲地给人擦皮鞋，广场一片骚动，说省领导会来市场调研，不准到处摆摊设点，要整顿市容。两位城管很威严地走到他面前，一人收缴他的工具箱，一人收缴他的凳子，提着就走。阿牛急得跳起来，一边拼命地抢夺自己的东西，一边声嘶力竭地大声呼喊：“我有身份证，是桂花村人。”

城管一听，当他们是旅店查房，忍不住扑哧一笑，不由自主地停下脚步，诧异地看着他。阿牛怕他们不相信，急忙从口袋里掏出身份证给他们看。城管见他似拼命三郎一般，怕逼急了会出事，啥也没说，把东西丢回给他就走了。阿牛突然惊喜地发现身份证有很大的作用，立马跑到文具店买来皮夹子，小心翼翼地把身份证夹好，放在工具箱的边上。在吆喝擦皮鞋的同时，他会加上一句：“我有身份证，是桂花村人。”结果，摆了一天，不但一分钱没赚到，连地盘也没了，城管通知他再不准到广场摆摊了。他垂头丧气地回到住处，倒在沙发上唉声叹气，突然坐起来一声吼叫：“为啥没人叫我擦皮鞋？为啥城管来检查就要停工？”

“我一个被三角债缠身的外地老汉，都要跑到这里找事干，你怕啥？”肖山早已司空见惯，不足为奇，自己摆棋摊时常被赶得鸡飞狗跳，还不是熬过来了，见阿牛伤心欲绝便动了恻隐之心。

“你是不是擦皮鞋时把人家的袜子弄脏了？”

“没有，没有。”阿牛把头摇得像拨浪鼓，拼命否定。

“挪个地方吧，就到这边路口上去摆，行人多，也许生意会好些。”

阿牛一听，两眼放光，大拇指往肖山面前一竖，说“好主意”，说干就干，拿起工具箱一出门又开始吆喝。

肖山悄悄地跟在后面观察，只见阿牛坐在路口，见有穿皮鞋的路过就喊：“叔叔、阿姨，擦皮鞋哟，他们擦三块，我擦一块。我是桂花村人，我有身份证，你们不要走哇，很便宜的。”看人家不理他，声音一下提高了八度，他拿起刷子一边敲打工具箱，一边大喊大叫，吓得那些穿皮鞋的人，本来走路中心，却不由自主地闪向路边，甚至绕道走。肖山不声不响地站在阿牛的背后，看到此情此景，总算找出了原因。

“阿牛，把身份证收起来，你去看一下其他师傅怎么干，跟着学，你干得好，又实惠，自然会有生意。”

晚上回来，才赚了两块钱，阿牛一个人躺在沙发凳上连话也不想说。阿芳很关心地问他今天收益如何，他很不耐烦地大吼一句“吵死”，再不说话了，然后干脆电视也不看了，回到房间去睡觉。

早上起来，阿牛声音嘶哑，好像患了重感冒似的哭丧着脸说："我今天休息，不做生意了。"

"你还是该干啥就干啥去吧，用力气赚钱多好，累了就休息。"肖山劝道。

"跟我们去搬运水泥也行啊，年轻力壮就该干点正事。"张忠说。

"咦，阿牛，前几天，老板送你的名片呢，你就去找他，把你的功夫使出来不愁吃穿。"肖山提醒说。

阿牛恍然大悟，仿佛在黑暗中看到了一线曙光，惊喜得手舞足蹈。他从口袋里掏出打了皱的名片，左看右看，在他心目中这不是名片，而是他生存的希望。他迈开欢快的脚步冲到大街上，一下愣住了，往哪里走呢？名片上都写了什么？老板还会认识我吗？他看着身边川流不息、忙忙碌碌的人群，对这张名片产生了疑惑。他跑到常去买菜的地方，跟菜贩子聊了半天，谈他创业的艰辛，聊他这几天擦皮鞋的遭遇，说到最后翻出两只空空如也的口袋给菜贩子看。菜贩子很同情地从摊位上拿起三只茄子、一颗黄芽白和一根黄瓜送给他吃，卖猪肉的老板也极爽快地切下一块猪肉递给阿牛，说："这块猪肉一斤多，你先赊欠，拿去吃吧，待你赚钱了再还我。"阿牛从他们手上接过菜，左看右看，仿佛天上掉下的馅饼一般，喜出望外。如果不是他声音嘶哑，又会一路唱着回家。

"我回来了，看，看，看！"阿牛一进门就大呼小叫，仿佛提的不是菜，而是他奋斗得来的战利品。他提着菜在每个人面前炫耀一番，直到看见他们羡慕的目光，啧啧称奇，这才罢休。

中午酒足饭饱之后，阿牛便来了精神。他拿出名片，正面看看，反面看看，突然举起手走到财神爷面前想起誓，又觉得毫没道理，想起肖山经常小瞧自己，还是到肖山面前起誓吧。"肖山，我今天找不到名片上的老板，是你孙子。"

肖山大笑："还是我陪你去找吧，我自己生存都成问题，到时候还要养孙子，别要了我的命。"

阿牛见大家在笑，他也开怀大笑，因为他觉得自己赢了，不笑就太傻了。

肖山带着阿牛转了三条街，总算找到了名片上的建材贸易公司。

第九章　当“经理”

阿牛的第一次自主创业——擦皮鞋，只一个礼拜的时间便宣告失败。好在江林临走时给了阿牛一个希望，说混不下去就去找他。所以，阿牛一早起来就紧握着名片，生怕被肖山抢了去，只让他看了一遍就再也不愿给他看了。肖山并不跟他计较，为了求生存，寻找生机，他不得不放下身段，不管谁去求职，他都会陪着去，生怕失去赚钱的机会。他陪着阿牛顺着名片上的地址，找了三条街才找到。

江林是个有血性、有理想抱负的男子汉大丈夫，他常对妻子说，在改革开放的今天，有这么好的政策，不努力干出一番事业，枉在世上走一遭，愧对祖先。

自担任建设局副局长以后，他想想自己参加工作十多年，勤勤恳恳，兢兢业业，一步一个脚印走到今天，可是要想成就一番事业，谈何容易？现在是百业待兴，有不少人放弃铁饭碗下海经商，我为何不能？当医院查出妻子患了晚期乳腺癌时，似乎让他更清醒了。人生无常，他写了一份以照顾患绝症妻子为由，办两年停薪留职的报告，明知妻子时日不多，却带她往北京、上海、广州那些大城市的医院看病，旅游了一圈，负债累累，回来后瞄准商机创办了一家建材贸易公司，养着十多名工人，成了货真价实的老板。他经历过农村艰苦的磨炼，即使有天大的难事，也难不倒他。

江老板正忙着指挥民工上下车搬运水泥，见阿牛笑眯眯地来找他，一下便认出来了。他也不摆架子，像见了老朋友一般，和蔼可亲地请他们进店里喝茶。他们喝茶不到十分钟，一些民工也进来了，肖山见店里凳子上一下坐了十多个休息的民工，并且当江老板的面嘻嘻哈哈，相互开着玩笑话，便知道江老板是个心胸坦荡、不会斤斤计较且很亲和的人。他想到现在反正在搞市场整顿，自己也不能摆摊，能在这里先混些日子也好，于是开门见山地说:“江老板,帮个忙,赏口饭吃。”

“行呀,随时欢迎你们来,跟他们一样,每天上班八小时,每月工资一千五百元,包吃两餐。”江老板极爽快地答应了。

阿牛十分高兴,连说“好,好”。

肖山跟江老板敲定第二天来上班。

江老板看见阿牛便会想起自己年轻时在桂花村的那段峥嵘岁月。他忘不了农民对自己的那份情谊,忘不了下放农村的苦难岁月,只要是听说桂花村的人来找他,必会尽力相助。

第二天,他们俩果然换了套工作服,健步如飞地来到江林的建材贸易公司上班。阿牛年轻力壮,有着一身蛮劲,扛水泥对他来说可谓小事一桩。遗憾的是公司只管他们吃两餐,晚餐还得自己寻找食物填饱肚子,又得付住宿费,要到月底领工资,如何熬得过去,只上了五天班,他们便按捺不住了。

“江老板,我不干了。”阿牛临下班时摸着空空如也的口袋说。

“想干吗?想当官哪,行啊,给你个搬运队长当。”江老板诙谐地说。

“好!好!”大家一边鼓掌,一边喝彩。

“好个屁,我每天领不到工资,吃住都没钱。”

“这个好解决,我打电话给你房东,月底一起给,每天先领十元钱吃饭,行吧?你得好好干。”

“他们不当队长,每天就没钱领吗?”阿牛自以为是地问。

“是呀,你看我们这些人从来没有这种待遇。”一起做事的民工故作严肃地说。

“好,好。”阿牛说完又觉得不妥,眉头一皱,计上心来,“我不当队长,要当就当经理。”

“行,你官瘾还蛮大。”江老板暗自发笑。

阿牛自从当了“经理”以后,感觉突然不一样了,竟有种飘飘然的感觉,以前一包水泥压在肩上沉沉的,现在则是轻松自如,浑身有使不完的劲。

“经理,抽烟。”

“经理,来,吃西瓜。”

“经理，来，给你一罐红牛。”

“经理，你真能干。”

…………

阿牛自当经理以后，就像打了鸡血一般，尽管累得大汗淋漓，一身脏兮兮的，可他一点也不觉得累。阿牛被大家一口一个经理奉承得晕头转向，劲头十足，大家中途休息，他却忙得马不停蹄。民工本来就是拿固定工资吃大锅饭，所以，大家都好像商量好似的，都拿阿牛寻开心，给点小恩小惠，想尽办法让他多做事，自己少扛一包是一包。江老板心知肚明，睁一只眼，闭一只眼，只要大家高兴，把事情做完了就行。

下班了，有顺路的民工用摩托车把他送回住处，临走时便说：“我看你当经理才送啊。”

阿牛一听更是洋洋得意，一回到住处便通报自己当了经理，受到怎样的特殊待遇。

阿芳听了阿牛的话便以为他在自吹自擂，如果经理那么好当的话，肖山早抢了去，想必那江老板也是个奇人，赚钱赚得昏头了，下次有机会自己也见识见识。

肖山扛了不到一个礼拜的水泥，便开溜了。待市场整顿的风头一过，他又干回自己的老本行——摆象棋摊。他的岗位便让一时找不到事做的张忠顶上去了。张忠尽管跟阿牛吃住在一起，阿牛因上下班有人接送，自认为当经理高人一等，从不把张忠放在眼中。阿牛有了江老板的特殊关照，有民工的极力奉承，每天干得特开心。

转眼中秋节将至，江老板买了水果、月饼，封了一个红包，自己开车送到阿牛的住处，喜得阿牛手舞足蹈。

车子停在店门口的声音，惊动了店里所有的男男女女，大家好奇，立马出来看热闹，帮阿牛把东西从车上提下来，并请江老板下来喝茶。阿芳总算如愿以偿地认识了被大家一致公认的好老板。

江老板早就听说阿牛住的地方虽然简陋破旧，却是藏龙卧虎的地方，常有行走江湖的好汉流落此地。出于好奇，他便借为阿牛送月饼之际，想亲眼见识见识。他们热情好客,他自然欣然接受。江老板一落座,阿芳立马进房间,把自己买来准备过中秋节吃的月饼等拿出来招待江老板,大家围在一起喝茶聊天,其乐融融。阿芳可谓殷勤有加,一会儿敬茶,一会儿削苹果,说说笑笑,仿佛是多年的老朋友一般。肖山、张忠、阿牛、东生、矮古、排骨王……他们恭敬地陪着江老板,品尝着阿芳买的月饼,个个吃得津津有味,笑容满面。阿芳奉承江老板,说得天花乱坠,意在销售自己。大家谁也不点破,直到要做中饭了江老板才起身告辞。

阿牛从小到大,不要说老板,就是自己的父亲及亲戚朋友也没有一个买东西来看他,这次可是切切实实地品尝到了"做官"的甜头、做人的趣味,赚足了面子。他暗下决心,以后一定要好好干,这样才能出人头地,才会被人瞧得起。

中秋节过后,民工便陆陆续续地来报到上班。江老板在酒店订了两桌丰盛的晚宴,说中秋上班吃的第一餐必须吃好,有重要举措和大家说,就是从明天上班起搬运水泥再不包月发固定工资了,实行计件工资,多劳多得,七元钱一吨,让大家考虑一天,认为划得来,后天就开始干,否则另谋高就。大家面面相觑,个个都觉得意外。只有阿牛还不知怎么回事,依然大口吃肉,大碗喝酒,任他们喊喊喳喳,慌慌张张,可他一点也不慌张,成竹在胸。

第二天,放假一天,让民工考虑一天。张忠、阿牛依然留下。

第三天,正式开工,剩下不到十个民工,大家还是一起干,阿牛依然干劲十足。这几个民工一改往日的懒散,再不像以前嘻嘻哈哈了,都憋着劲干。张忠由于做事风风火火,正直善良,敢说敢干,无意之中便成了他们的头,成了货真价实的经理,要与江老板结账或协商什么事,大家总是推举他去。

自实行计件工资以后,一天下来,一结账,平均每人一天搬了十多吨,挣了一百多元钱,比包月工资多了一倍多。大家的劲头更足,再没有闲工夫跟阿牛说废话了,更没有人拍他的马屁。阿牛看不透,只几天的工夫,大家对他怎么会变得这么冷漠、无礼。有人甚至连经理也懒得叫,想抽烟,只得向他们要,再没有人主动给了,更没有摩托车接送了。见一起做事的同事,一个个对自己都像冤家似的,阿牛巴不得立马在他们面前消失,事情都让他们做,便自言自语地说“没人看得起我这个经理了”。

阿牛因受不了工人对他的冷落,一气之下罢工了。他本以为自己做事很卖力,一贯认真,他们会来求他回去做经理,哪承想不但一起做事的工人不理他,连江老板也不来个电话。罢了一个礼拜的工,钱也用得差不多了,他只好厚着脸皮回建材贸易公司去上班。

玩了几天回去,令他奇怪的是,江老板对他就像对待朋友一样客气,倒茶递烟。那些工人又叫他经理了,可就是不叫他上班,更不会发烟给他抽。喝了一杯茶,阿牛自觉得尴尬便走了,一路细想,还是当老板好,不用卖力气赚钱,更不会被解雇失业。

江老板见阿牛耷拉着脑袋,哭丧着脸,有气无力地走了,想必生存又出现了危机,便喊他回来,让他到办建材涂料公司的儿子那里去帮忙搬货。阿牛早已认识他那位戴眼镜的儿子,一听喜出望外,那句“此处不留爷,自有留爷处”的名言一下从脑海中蹦了出来。

第十章　老板样

江老板的儿子明强高大帅气，一表人才，架着一副近视眼镜，温文儒雅，说话轻声细语，一看就是个有学问、有修养的人。父亲弃政从商，他这几年耳濡目染，利用自己的人脉关系，把生意做得风生水起，每天几千上万的进账。去年大学一毕业他便自主创业，办了一家建材涂料公司。因时间不久，业务不多，工作量多时便请求援助，给老爸打电话便会派工人来帮忙，工作量少就自己干。他不端架子，只要有时间就和工人一起干，常常弄得脏兮兮的。

自从实行计件工资，再不像从前那样吃大锅饭，江老板现在再叫他们帮忙做事，需要斟酌再三。做事的大都是本地人，只有后来的张忠才是外地人，叫他的次数多了，大老远跑来赚这点钱，张忠虽不说半句，但看他的脸色就知他心里不满。

阿牛这次被做事的工人兄弟无情地挤出来，不但经理没得当，连饭碗也被他们抢掉了。看着从不被自己正眼瞧的张忠做得稳稳当当，每天一干就是一百多元，心里就是不服气，可他又想不明白，为什么这些人情愿请外地人做事，也不要他。好在去江老板的儿子明强那里做事也一样，好歹是赚钱领工资。

“经理。”明强一见阿牛便热情打招呼。

“眼镜老板，我早不当经理了，你爸叫我从今天开始到你这里上班。”阿牛见了明强的笑脸，心里便感觉舒畅了许多。因见明强一天到晚架着一副眼镜，阿牛为了好区别便给他起了个外号“眼镜老板”。

阿牛在明强公司里做事，计件发工资，有事干就干，没事干就喝茶、闲聊、看电视，当天结账。虽然收入没张忠他们高，但是轻松、自由，特别是每天付现钱，这让阿牛心里十分畅快。他在明强公司干了两个月，处处都在观察、研究、模仿明强。明强戴副眼镜，风度翩翩，做人做事让阿牛佩服得五体投地。特别是眼镜老板与工人一起把油漆搬上客户的车时，客户对老板说话时的赞赏、钦佩的语气，更让阿牛敬佩。有一天，阿牛好像突然开窍了，恍然大悟，通过自己的观察，他发现明强除了与客户谈话亲切、爱拉家常外，就是比自己多戴了一副眼镜。他心想这有何难，于是领了工资便飞快地跑到眼镜店，精心挑选了一副跟明强一模一样的平光眼镜，一路精神抖擞地戴着回家。

回到住处，大家见了他，果然一口一个老板叫得他热血沸腾，心里美滋滋的。特别是肖山见他时那惊讶的目光，叫他老板时那毕恭毕敬的神态，几乎让他笑逐颜开，忘乎所以。

晚上，阿牛哪也没去，跷着二郎腿，坐在客厅正中的沙发上，故作深沉，颇有几分老板的派头，见张忠好像不认识他似的盯着他看，当众声明说他戴的不是老花镜，是平光镜。

第二天，他班也不想上了，一早戴副眼镜满街跑。张忠碰上他，劝他去做事，他犹豫再三，想想也对，明强老板每天戴着一副眼镜不是照样要上班吗？他把买来的菜切好，吩咐阿芳中午把他的菜炒一下，换了工作服便去上班。到了公司，明强见阿牛学自己的样，架副眼镜趾高气扬地站在自己的面前，便没安排他上班。阿牛先跑到大街上和其他民工一起摆摊，坐等雇主，后又跑到自认为有熟人的地方去转悠，虽然耍了一天，没有赚到分文，可整天被人叫老板，使他体会到了从来没有过的快意，走起路来抬头挺胸、昂首阔步。在街上买菜时偶遇一位年已花甲的老乡，他很热情地拉老乡回住处，把菜往砧板上一丢，便学着明强的样，跟老乡拉家常，套近乎，很有几分亲切，说话再不带一个脏字，显得极斯文，很有修养，临走还亲切地握手送别。阿牛觉得他做了一个上等人该做的事。一副眼镜竟让他的精神得到了升华，谁叫他老板，他都点点头，答应得特别好，也许是人逢喜事精神爽吧。

张忠早上起来，得知阿牛逛了一天都没有人请他做事，便好心地劝他："你戴眼镜做事，不安全，人家不敢请你。你白天还是别戴眼镜去上班吧，待下了班晚上休息时再戴。"鉴于囊中羞涩，生存要紧，阿牛不得不听从张忠的建议，果然明强老板又请他回来上班了，还是一起搬货物上下车。下班时，明强一边付给他工资，一边嘱咐他，以后再不要戴眼镜来上班。阿牛接过钱，突然好像明白了什么，回到住处，晚上依然跷着二郎腿，戴着眼镜，坐在沙发上看电视，有谁再叫他老板时，他便会给人纠正：我不是老板，是像老板的样子。

阿牛在江家做事，因饮食有规律，脸色黑里透红，戴副眼镜，谁见了都赞赏他的帅气，看起来很有素质。可是只要他一开口便现了原形，无知、粗俗当不了老板，可对他来说有老板的样子已经很知足了，在众人面前照样耀武扬威。只要不上班，他便戴着眼镜去耍酷，装斯文，那些嘲笑、讽刺的奉承，他根本分辨不出来，也根本不想去分辨。看着一张张他熟悉的笑脸，他已感受到生活的美好。

第十一章 债主

阿牛自从上个礼拜得了腰痛病后，因祸得福，涂料公司的明强老板既出了药费，又给了他二百元生活费，父亲也给了他三百元，除付一百元住宿费，余下的给他做伙食费。阿牛一贯都是今朝有酒今朝醉，有了这几百元线，哪里还会想去做事。这段时间阿牛过得很潇洒，每天乐哈哈地出去找老相识聊天，然后回家看电视。

"胖子，你的发夹掉了。"晚饭后阿牛上街，意外地碰上腾飞旅店同住一起的阿芳，又惊又喜，在大庭广众之下，脱口开了一个玩笑，惹得众人听了都窃笑。阿芳大骂一句"杀头鬼"便逃之夭夭。阿牛哈哈大笑，一回到店里便得意忘形地告诉大家，吹嘘他在街上如何碰上阿芳，如何戏弄她，惹得众人大笑，得到大家的欣赏，心里有说不出的畅快。然后他把买回的蛋、黄糖急忙放进房间里。他的房间是纸板房，虽然逼仄、狭小，不足五平方米，对他来说却是他的安乐窝、他的领地，好歹也是个小单房，便宜、实惠，他已很满足了。

晚上十点多钟了，按常规阿牛这时一定在看电视，可大家一直不见他的踪影。

"奇怪，阿牛一晚上死哪里去了?"阿芳皱着眉说。

"也许被女人迷住了，乐不思蜀。"有人提醒说。

天上黑沉沉的，只有几颗星星眨巴着眼睛一闪一闪的。

深夜十一点多了，大家已陆陆续续地睡下。我正在打扫客厅，准备关店门休息。

"老板娘，东生跑我床上睡，你叫他走吧，床太小了不好睡。"阿牛"咚咚咚"地从楼上急忙下来说。

"怎么会呢？不可能吧。"我惊讶地说，细看愁眉苦脸的阿牛，又不像在撒谎，便叫阿芳上去看一看。

阿芳“咚咚咚”地很快上了楼，果然看到东生躺在那不足一米宽的床上赖着不走。

“两个大男人挤在一起怎么能睡，太不像话了。”阿芳笑着说。

原来铁厂停产以后，为省钱，东生又回到纪念碑的凉亭里去住，住了不到两个月，有人打110举报。民警上来一看又是他，知他是老油条，于是驱赶他，把他的被子丢下山。实际上民警不赶他，他也无法立足，坐吃山空，赚钱又没门道，浑浑噩噩，被人拉去赌博，赌得天昏地暗，连赊账买的摩托车也输掉了。早先睡在纪念碑的凉亭里悲观失望、意志消沉时，亲戚朋友还会上山来劝他振作起来，踏出自己的阳关大道，原以为他春节下山后去铁厂做事已醒悟，想不到赚了钱连家也不回，变成了一个赌棍，令人失望。兄弟因怕他赌博连累家里，便放风说与之断绝兄弟情分。东生这段时间常碰上阿牛买大鱼大肉，悠闲自在，想想他落难时，自己也帮助过他，向他求助也许不会拒绝，于是便缠上了他。阿牛一进房间东生便开口向他借十元钱住宿、吃饭，不借就到他铺上睡。阿牛从来没做过债主，借钱给人家是什么滋味，从来没有品尝过，想想自己把省吃俭用的钱借给人家就心疼。他心一横，说没钱，便早早躺下睡觉，连电视也不看了。他叫东生睡外面，睡下不到两个小时，被挤得忍无可忍，这才找到老板娘告状。东生被阿芳一说，很不情愿地穿起衣服悄悄地溜走了。

“老板娘，给你五元住宿费。”第二天，快天黑时，东生又来店里投宿，掏了老半天，才从口袋里掏出五个硬币给我。

“是我借给他的住宿费。”阿牛生怕大家不知道，赶忙补充说，脸上表现出从来没有过的凝重。

“行呀，阿牛也会帮助人了。”

“没法子，昨晚向我借没给，今天又缠着向我借，只得借十块钱给他，要不他又会跑到我床上去睡。”阿牛说完低下了头。

看着阿牛一脸的无奈，东生“扑哧”一笑，想说点什么，又咽了回去。

阿牛被逼借钱给东生，钱往东生口袋里一送，就后悔不迭，捶胸顿足，好在东生答应他，只要有工做，赚了钱一定还他，否则连觉也睡不安稳。洗澡后，阿牛生怕东生会跑掉，跟进跟出，直到东生躺下，睡得打呼噜了，才牵肠挂肚地去睡觉。他躺在床上翻来覆去,为那借出去的十元钱总是耿耿于怀。

天刚破晓,阿牛就起床了,立马去把东生叫醒,说陪他去找事做。东生哭笑不得,因怕影响其他人休息,只好顺着他,洗漱完毕,便跟在阿牛的身后,在县城民工常去的地方走了一圈。

“我没钱吃饭了,你再借十元钱给我吧,待我吃饱了,干活才有劲,赚了钱很快就还给你。”东生摸摸饿得咕咕叫的肚皮说。

“不借,没了。”阿牛捏着口袋里那几十元钱,一脸的不快,昨天借出去十元钱已后悔了,哪里还会再借?

“要不你去上你的班,我回去看能不能借点钱,先填饱肚子再说。”东生说完,也不理会阿牛,急匆匆地往回赶。阿牛愣愣地站在那不知所措,半天才回过神来,想想如再借钱给他,上午陪他去找事做,赚了钱再还回自己,如不借,万一他溜之大吉,欠的十元钱就泡汤了。

“借钱给你。”阿牛边喊边追上去,很不情愿地又掏出十元钱借给东生。

东生笑眯眯地接过钱,往裤袋里一放,然后找到附近的一家饭店饱餐了一顿,这才红光满面地走到阿牛的面前,潇洒地一挥手说:“走,今天听你的,你觉得到哪里找事做,就去哪里。”

阿牛心里突然踏实了许多,有了一种男人汉大丈夫的自豪,一种比当经理还要舒坦的感受。阿牛站在路口左看右看,到哪里去找事做呢?自己在县城干的全是搬运工,而且经常换地方,乡下可以种果树、扛木头,可惜太远了,自然不能去。自己不看着他做事,跑掉了怎么办?二十元钱,差不多是自己一天的工资。对,到民工摆摊的街上去等,去年他叫我到那里去等雇主,这次我叫他去,也许有人会雇他做事。他陪着东生蹲在那里,快十一点钟了还无人问津,连打招呼的人也没有,太阳照在身上非常燥热,他们只好闷闷不乐地回旅店。

“经理下班了。”阿芳见阿牛愁眉苦脸,戏谑地问。

“没去上班,上午陪东生找事做,没找到。”阿牛垂头丧气地说。

“哈哈,你真有趣,你如果去上班,二十元钱早就赚到了。”阿芳看他一身干干净净的,禁不住大笑。

东生站在那局促不安,羞得无地自容,悔不该赌博到如此地步,真想找个地缝钻进去。

“以前江老板不是让你当过经理吗？仍找他去。”阿芳提醒他说。

阿牛眼睛一亮，怎么早没想到呢？我都能扛，他为什么不能扛？虽然是脏活累活，毕竟还是能赚钱，自己有两个月没去那上班了，说不定那里真要人呢。说去就去，他拉着东生急忙赶往江老板的建材贸易公司。江老板自从实行计件工资以后，再没有固定工人坐等，要搬运货时，便打电话通知。没活干，民工则四处找事做，什么赚钱干什么，成了自由人。

江老板打量一番东生说：“计件工资，多劳多得，七元一吨，八点钟上班。”

“行，我干。”东生爽快地说，生怕被拒绝。

“马上有一车货要装，这不，说曹操，曹操就到，上车吧。”

江老板一声令下，东生便像猛虎下山似的，跑进店里，把外衣脱下往凳子上一摔，把垫肩披在肩上，干净利落地扛起一包百斤重的水泥就往车上送。东生憋着劲干得特卖力，连水也没喝一口，一包接一包，不停地扛。阿牛在城里混了两年，加上有父亲撑腰，早已变成了老油条，今天当了东生的债主更是趾高气扬，每见一个熟人都打招呼，洋洋得意。他见大家都用赞叹的目光欣赏东生做事，特自豪地说：“他是我的朋友，是我带他来扛包的。”

五吨水泥转眼就被东生扛上了车。

“你做事要向他学习。”江老板对阿牛说。

“我借钱给他了，等他赚了钱要还我。”阿牛答非所问地说。

“太阳打西边出来了。”江老板疑惑地看着阿牛，又看着汗流浃背的东生，心想怪不得阿牛说话多了一份底气。

“五吨，五七三十五。”江老板从抽屉里拿出三十五元钱递给东生。

阿牛的眼睛瞪得铜锣大，盯着东生手上的钱。

东生从江老板手上接过钱，往口袋里一放，啥也不说。

“你要还钱给我。”阿牛愤怒地说。

“下次再还吧，要不然晚上交不上住宿费我又跑到你床上去挤。”说完，东生从凳子上拿起自己的衣服甩手就走。

阿牛愣愣地看着越走越远的东生，脑子却在急速地旋转，先逼着东生还钱呢？还是待他后面干了再还呢？他想起那晚的难受劲，心软了，反正每天跟着他上班，不愁要不回钱。

他们回到住处已一点多钟了。

阿芳见他俩一身脏兮兮的，便问道：“经理，上班了，老板怎么不留你们吃中饭？”

“我们去得太晚了，没准备。”阿牛边说边洗菜，“经理”二字对他来说只是扛水泥的官名。

“经理上班了。”

“经理回来了。”

一连几天早出晚归，阿牛干干净净地出去，带着满身灰尘回来，黑黑的苦瓜脸上露出迷茫的目光。阿芳正儿八经地与他打招呼时，总是叫经理，使很多不知情的旅客对他刮目相看，以为他真有什么能耐。

为了东生能早日赚钱还他，阿牛六点多钟就叫东生起床，上班也特卖力，东生对他毕恭毕敬，做事扎扎实实。阿牛俨然是个经理，高人一等，指挥这，指挥那。

江老板见阿牛在东生的带动下如此卖力，十分高兴，每天中午免费给他们提供一顿便餐，并嘱东生以后做长期工，希望继续带动阿牛做事。江老板得知是因东生欠了阿牛二十元钱，阿牛怕他跑掉才陪着他如此卖力时，禁不住“哈哈”大笑，而后心生一计，暗中与东生说好，他的工资骗阿牛说到一个月后结账。阿牛信了，卖力地陪东生上了一个星期的班，仍没钱还他，心里开始不耐烦了，算算这几天赚了两百多元钱，又可以吃几天了。

这天，东生有事回了一趟家，阿牛一下松弛了，内心不安，在店里走来走去。天黑之前，东生赶回来了，阿牛悬了半天的心这才落地，心想“反正老板已扣下了他的工资，月底结账时，我再跟他去拿钱就是了”，于是他再不愿每天去上班了。

“哎，我好累，不去了，你自己去吧。”

东生听了只是笑，啥也不说，点点头走了。

阿牛把身上的二百多元钱掏出来放在桌子上，当着众人献宝似的一张一张地数来数去。

“阿牛，发财了，求你了，借点钱给我买米吧。”

“阿牛，请客，别忘了我啊！”

“抢钱的来了。”阿芳大喊一声。

阿牛大惊，抓了钱赶忙往口袋里塞。

大家你一句、我一句地逗他取乐，他也跟着开心。

阿牛一连休息了三天，每天大鱼大肉，到处游逛，快到旅店时在酒摊喝了一碗米酒回来。以前是人家请他喝，现在是自己买酒喝，没喝醉，只是脸红红的，多点资本回来吹牛而已，一进门便说喝醉了，是人家请他喝的。大家细问时，则说给两元钱，送一碗酒。阿牛每天乐哈哈地出去，提着菜，哼着歌回来，也许听了刘欢唱的那首《从头再来》的歌吧，他不记得歌词，每次都是跑着调唱一个字：“来……来……来……”声音特洪亮，他唱得很开心，听者也直乐。

第三天，明强的涂料公司特忙，一时又不好找人，便打电话叫阿牛去他那里上班。阿牛乐哈哈地在电话里说：“我脚痛不能来，要不你骑摩托车来接我吧，不接就不去上班，哈哈哈。”电话一挂，他兴奋而又开心地大笑。

不一会儿，明强果然骑了摩托车来接他，阿牛却不知溜到何处去潇洒了。明强气得直跺脚，并气愤地告诉大家阿牛做事太离谱了，被他的父亲惯坏了，想干就干，不想干，就是再忙，等车一来就跑掉；常提条件，要买这买那给他吃，不买就不干，越急着上车越开溜。阿牛做事也似当大爷一般，如此戏弄老板，让那些民工听了特畅快。

明强骑摩托车一走，阿牛就回来了。

“阿牛，做人要凭点良心，江老板父子俩对你不薄，常买吃、穿、用的东西送给你，如此迁就你，你要好好干，才对得起人家。”张忠实在看不过去，提醒他说。

“张忠，羊毛出在羊身上，说不定是从阿牛的工资里扣出来做人情的呢。”

阿牛见有人帮忙说话，得意扬扬。

“是呀，大家在一起做事，你不一视同仁，谁愿替你干？”

“天上不会掉馅饼。”

大家议论纷纷。

“你把江老板得罪了，看你以后到哪里去赚钱。”阿芳一本正经地说。

“胖子，就你话多，不管他，我早就不想干了。”阿牛无所谓地说。

阿牛不去上班，东生求之不得，因为扛水泥不是流水线作业，两个人的事一个人做，他可以多赚些钱，只是时间长，人辛苦一点而已，再说欠买摩托车的几千元钱压得他根本就不敢偷懒。阿牛溜达时，有时也会溜达到建材贸易公司去，俨然是个经理，手叉着腰，看着东生扛水泥，直到老板叫他去扛包时，这才说一句“不干”就跑掉了。

钱用完了，阿牛不用老板请，便又回到了建材贸易公司。江老板的脸色再没有以前那般和蔼可亲了，他很严肃地对阿牛说：“今天这两车货，让东生去装，你回去潇洒吧。”

“我早就不想干了。”阿牛头一扬就走了，在购物广场转了一圈，再没钱买肉了，只好买了点青菜闷闷不乐地提着回来。

第二天，阿牛早已把“不干”的话丢到九霄云外去了，又回到了建材贸易公司。因为东生随叫随到，踏实肯干，所以不待阿牛进门，江老板便手一挥说：“不用来了，要这么多人打老虎，还是打豺狼？”

一连三天，阿牛干干净净地出去，干干净净地回来，再也听不到他唱歌的声音了，他也不去购物广场闲逛了，马上要断粮了，危机迫在眉睫。

阿牛一连几天站在店门口，哭丧着脸目送东生精神抖擞地去上班，心里感觉难受，真想大哭一场。

一个月后，东生把欠他的二十元钱还给了他。阿牛特兴奋，悬着的心总算放下来了。他盯着东生因彻底摆脱他这位债主而得意的神态，盯着手上这张二十元的钞票，不但不气恼，反而欣喜若狂，仿佛从这钱里看到了美好的未来。东生在建材贸易公司又干了半个月，终于把欠摩托车的钱及一些赌债还清了，两天后，他跟江老板结账后回家，说家里搞种养不够人手，要回家帮忙。江老板这时才想起阿牛，习惯性地抓起话筒，往哪里打呢，东生说阿牛早就离开了县城，回老家砍树去了。江老板放下话筒，喃喃地说：“阿牛，你的钱用完了吗？快回来吧，我们等着你扛包呢。”

第十二章 回乡砍树

“此处不留爷,自有留爷处。”这是肖山常说的一句自我安慰的话。自从阿牛在建材贸易公司搞搬运的活被东生抢了以后,阿牛的大脑好像突然开窍了,也常挪用这句话挂在嘴边,只一夜的工夫就把对东生的怨恨丢到爪哇国去了。他大声吼道:“东生,让你去扛吧,到时得了肺病就完了。”

早上起来,怀揣着东生还给他的二十元钱,正要往街上去转悠,迎面便碰上了桂花村老乡,也就是被谣言蛊惑,跟未婚妻春梅分手的义民。听说请他回乡砍树,他一阵惊喜,二话不说,三步并作两步,急匆匆地跑进房间收拾东西。他把换洗的衣服胡乱地塞进一个装名牌衣服的手提袋里,把包举在头顶上,颇有几分得意,故意大声喊道:“我走了,老乡请我去砍树。”仿佛要向全世界宣布他阿牛又有人请他做事了,钞票正向他滚滚而来。

“阿牛,回老家可要好好干啊,你在城里也算是见了大世面的人了,回去跟父老乡亲好好摆摆龙门阵。”肖山从屋里出来,用长辈的口气嘱咐他说。

“阿牛,来,给你两个苹果路上吃,赚了钱别忘了我啊,我们都盼你回来请客呢。”阿芳拍了拍阿牛的肩膀,笑着说。

阿牛心里暖乎乎的,笑逐颜开,振臂一挥,算是告别。他带着满心的喜悦、发财的期望,雄赳赳、气昂昂地跳上老乡的摩托车,风驰电掣般朝回家乡的路上飞奔。凛冽的寒风追着太阳嘲笑般地吹割着,发出“滋滋滋”的呼叫声。他闭着双眼,不到两个小时,便回到了阔别两年多的家乡桂花村。

“阿牛回来了,到我家来玩啊。”大嫂说。

“阿牛到我家来吃饭呀。”大伯叫。

“阿牛,走,到我家喝酒去。”大叔喊。

…………

阿牛神采飞扬,对围在身边的男女老少大手一挥说:“好,好。”

阿牛在村里早已名声在外,家喻户晓。村里人见了他就像见了久别重逢的朋友似的，热情打招呼。

阿牛走到哪都有人热情相邀，好不春风得意，后悔没有早点回来看望这些父老乡亲，不过，只后悔了三秒钟便醒悟过来了。哼，我好歹也是见过世面的半个城里人了，虽然当的是扛水泥包的经理，大小也是个官，怪不得他们会对我好呢。以前他们叫我去吃饭都是要我帮他们干活，可现在大伙叫我去吃喝，只字未提干活的事，这不是进了城的好处吗？我现在可不是当年的阿牛了，遗憾的是囊中羞涩，要不然叫了我吃饭的叔伯兄弟，每人发一包红双喜的烟，那才风光呢。

"阿牛，走，吃饭去。"

"给你砍树，包吃、包住多少钱一天？"阿牛一语惊四座，大家面面相觑，半晌谁也没有说话，阿牛直来直去，把在城里与人讨价还价的那一套用在家乡人的身上，把距离一下拉远了。村里人一致认为他再也不是从前那个有情有义的阿牛了，经过城市生活的磨砺，已起了脱胎换骨的变化，变聪明了。义民特意把阿牛接回桂花村，自有他的安排。他在众人面前当即承诺，阿牛帮他砍树包吃、包住，五十元一天。阿牛不知五十元的概念到底有多少，从村里人赞叹的话语中可知这个工价算是很高的了，精神为之大振，竟有一种高人一等的感觉。早年因常食不果腹上山砍柴卖，现在他们却拿钞票求自己帮他们砍树，砍柴跟砍树不是一个理吗？对自己来说简直是小事一桩。

说干就干，吃了中饭，阿牛很庄严地走到义民面前接过那把大砍刀，立马跟随老乡及邻村请来的几个青壮年一起上了山。每天早出晚归，砍树，扛木头，上下车，他干得特卖力。每晚被大伙用五元一瓶的章贡酒烧得满面红光，只可惜肖山、阿芳、张忠、排骨王、东生、矮古他们不在场，他没地方炫耀。

转眼干了二十天，山上的树按老乡的计划顺利地砍完了。老乡叫人做了两桌丰盛的晚宴庆功。明天就要各奔东西了，大家都在嘻嘻哈哈地相互敬酒，寻开心。

"阿牛，你工资赚得最高，敬你。"

"Yes，yes."阿牛喜上眉梢。

"谁说阿牛是文盲，我跟谁急，你们听，他说的外国话多棒。"

"我早就说了不当文盲，要当就当流氓，才不会被欺负。"阿牛把杯子一摔,怒喝一声,像天空滚过一声响雷。

义民一愣,后回过神来,一本正经地说:“阿牛,砍完树,我们就算是朋友了,我把电话号码给你,以后有谁敢欺负你,你就告诉我,我会带一帮兄弟去揍他,不用你动手。”

“真的,太好了。”阿牛惊喜得一蹦三尺高,心里十分畅快,一晚上兴奋得唱唱跳跳,唠唠叨叨,原来一倒床就呼呼大睡的他,今晚却破天荒地失眠了。他连做梦也没想到,回乡砍树,竟让他结交了一位如此仗义的朋友。他真恨不得一眨眼就飞到城里,告诉那些和自己同住一起的朋友,警告那些克扣工资不请他做事的老板。好不容易挨到天亮,阿牛醒来一看,已是孤家寡人,那些一起砍树的伙计,结账以后全部陆陆续续地回去了。义民正在用计算器算他的总账。阿牛喜滋滋地走到他面前:“你的电话号码还没有给我呢。”

“什么?”义民以为听错了,疑惑地看着他。

“昨晚你说的,谁欺负我就打电话给你。”

“咳,差点把这么重大的事忘了。”义民恍然大悟,拍拍脑门,暗自发笑,随手从桌上撕了一张纸条故作认真地写好,郑重其事地交给阿牛。阿牛双手接过,如获至宝,在手上握了半天,才放进自认为最安全的裤袋里,只字不提工钱的事。义民暗喜,拉开抽屉,从中抽出四张五十元的新票子递给阿牛说:“我很忙,就不送你了,你坐班车回去吧。”随后他又给阿牛二十元车票钱。

阿牛自然欢天喜地,在车上总觉得司机开车开得太慢了,归心似箭,真想立马飞到县城,把自己的喜讯告诉大家。十一点半,班车准时到达安丰县城,到了阿牛自认为的家。

阿牛一回到住处,急不可待地把义民昨晚说的话当众宣布,大家忙着打麻将,谁也没去搭理他。阿牛以为大家没听清楚,又重复说了一遍,并再三强调朋友的厉害。

“放屁,拿着鸡毛当令箭,狐假虎威。”肖山不屑一顾地说。

“妈的,你的肉发痒了。”阿牛火冒三丈,他快速地挽起两只袖子,两手叉腰,站在肖山面前,拿出干仗的架势。

阿芳抓了一手好牌,生怕被阿牛搅黄了,低声下气地说:“哇,阿牛,肖大哥没说你，他是在骂我，你的老乡这么厉害，以后什么都让你。”

“来，老大，这香蕉给你吃，以后再不跟你争电视看了。”

“对，阿牛，我们大家以后都听你指挥，你叫往东，不敢往西。”

大家也不笑，你一言、我一语，从口气中竟听出了戏耍的味道，阿牛却听不出，反而感觉到了从来没有过的威风和自豪。他走到门口，仰天大笑，见外面有人进来，又重复说一遍：“你别惹我啊，老乡知道了会带一帮兄弟来揍你。”那人没听懂他说的话，一声没哼就走了。阿牛以为那人怕他，觉得有老乡撑腰太好了，终于可以扬眉吐气了。

阿芳打麻将，输了四百多元，心里正烦，回头见阿牛还在边上唠唠叨叨，便想支开他。“阿牛，该干啥就干啥去，待有人来我替你转告，谁敢对你不好，他就死定了。”

阿牛听罢，鼻子一哼，这才得意地进房间去放东西，而后拿了手提袋上街去了。

大家打麻将正打得天昏地暗，阿牛提着菜突然跑到阿芳面前底气十足地说：“我要用你的油炒菜。”

“干吗用我的油？”阿芳奇怪地看着他。

“我没有油了。”他爽快地说。

“可以去买呀。”

“没钱。”他干脆地说。

“没钱，你可以借，没理由白送油给你。”肖山不耐烦地说。

阿牛把手伸向口袋，本想搜老乡的电话号码，偏偏搜出了一元钱，他迟疑了一下，眼睁睁地盯着肖山，不知如何是好。

“你看我干吗？你老乡会带人揍人，这算什么？我老乡吃人连骨头都不吐，你信吗？”

阿牛在众目睽睽之下，不得不将一元钱递给阿芳。

门口再有人进来，他哑巴似的呆呆地站在那，什么话也说不出来，大脑一片空白。

第十三章　弱肉强食

阿牛最瞧不起的是矮古。矮古人矮小，做事比不过他，打架打不过他，就是骂也骂不过他，声音没他洪亮。矮古回来时常常不是这里青一块，就是那里紫一块，有时简直就像从战场上回来似的头上缠满纱布。肖山说他不是去上班，是去虎口夺食，没被老虎吃掉算命大。矮古早已感觉到了阿牛对他的不恭、不屑，他想就是在谁面前做孬种，也不能在阿牛面前丢脸。为了树立在阿牛心中的光辉形象，他自然得做一些事情给阿牛看。

这天，阿牛在南昌人开的饭店里吃早餐，矮古也尾随着来了，坐在他边上很潇洒地一挥手说："来两笼蒸饺。"老板很快就送上来了。矮古吃了一个没味道，说："老板，拿点酱油、辣椒过来。"店里的早餐生意本来就很好，老板见矮古花了几元钱就像大爷似的，邻桌有酱油不去拿来吃，把自己当用人似的呼来唤去，心里的火直往上冒，不屑一顾地说："操娘的。"

"叭、叭"，矮古冷不防跳起来给高大魁梧的老板摔了两个耳光，大家惊奇地看着这精彩的一幕。阿牛呆呆地坐在那，惊得半天说不出话，简直不敢相信自己的眼睛。

"我在南昌劳改了六年，你说什么话我都听得懂，他说操我娘，大家说该不该打。"矮古火冒三丈地说。

"啊，原来是老大，对不起。"老板恍然大悟，赶紧道歉。

"你的饺子太小了，你看两笼都吃不饱。"矮古很不满地说。

"是，是，是，明天开始做大一点。"老板讨好地说。

"再来两笼。"

"请！"老板亲自侍奉。

"我没钱，吃了以后有钱再给，我不带朋友来吃，算给你面子了。"矮古脸一横说。

"行，行，行。"老板唯唯诺诺，强压着心里的怒火。

矮古在店里打了南昌老板，又吃了霸王餐，还被老板客客气气地送出门口，这在阿牛眼中简直就是惊天动地的壮举，令他佩服得五体投地。他想当流氓就是好，起码不会被欺负。矮古这一招确实够狠的，在阿牛面前突然树立了霸气的光辉形象。自此阿牛对矮古的说话口气由原来的凶巴巴转变为轻声细语。

阿牛又失业了，这对他来说早已是生活常态，只要口袋里还有两个硬币，便会感觉生活充满阳光。

这两天阿牛骑单车在县城周边转了一圈，到处都在搞城市亮化工程。阿牛一直想不通怎么要把市内一个如此壮观气派的大转盘搬到县政府那边去。难道换县长了吗？不管怎么说，阿牛在县城经历了几年的风风雨雨，还是有一定的政治觉悟，比如常常看电视新闻，关心美国人是不是欠我们中国人好多钱等就是有力的证明。这次确实换了县长，被他说对了。县领导大刀阔斧地搞城市建设，大量招兵买马，在旅店里早已引起了轰动。肖山不再去摆象棋摊了，而是去了工地看材料。张忠又去了建材贸易公司江老板那里上班，每天搬运水泥。东生在麻将馆哄骗了一个女人，两人意气相投，患难与共，这是东生自己说的，大家都不信。矮古则在赌场混饭吃，为刚被拖下水的新人出谋献策，赢了会给他点零花钱，输了默默地挨顿臭骂，一走了之。阿芳则在发廊里上班，忙得不亦乐乎。现在只有阿牛挣扎在饥饿线上，连生存都成问题。

安丰县决定在旅游区建一座全县有史以来最大的拱桥，需要大量的民工，他们在购物广场招聘。技术人员工资三千，小工减半，包吃住。阿牛不管工资多少，听说包吃住就去应聘。老板见他个子高大，有一身蛮力，很快就把他招聘进来了，并叫他明天上午带被子到这里等车，一起送他们到工地去。

阿牛上班吃苦耐劳，舍得花力气，每次搬粗重的东西他都主动在前，从不偷奸耍滑，可就是有一个缺点，每次有女人从身边经过，就痴痴地想，傻傻地站着看，严重影响到工作进度。如果不是他牛高马大，工作认真，有力气，老板早叫他卷铺盖走人。人留下了，待遇却不同，同工不同酬，工资随老板高兴给多少就是多少。阿牛要钱用时，老板便施舍要饭的一般，随手从裤袋里搜出几元给他,从不记账。这样一干五个月,工程结束了,吃住的地方也失去了,老板叫他去财务科领八百元,提包走人。

“此处不留爷,自有留爷处”,这是肖山常说的口头禅,阿牛也用来安慰自己。阿牛领了这几张红票子,掂来掂去,想想又可以潇洒一段时间了,心里踏实了许多。

他的事很快被社会上的两个小混混知道了,觉得有利可图,便找上门去。阿牛在离开工地的半道上便碰上了他俩,其实早就认识他俩,只是从不打招呼。他俩走到阿牛面前很仗义地说:“老板真是吃人不吐骨头,辛苦了半年,怎么才给八百元?我们去替你讨回公道,不过钱要四六分成。”

阿牛见有人替他撑腰,热血沸腾,当即回头跟他俩一起去找老板理论。两个小混混首先叫老板拿出记工簿来点工,结果没怎么记,记一天,不记一天,晚班一个没记。小混混拍案而起,怒气冲天,如何了得,真是欺人太甚。小混混软硬兼施,经过讨价还价,老板答应再给阿牛补发三千五,因出纳有事外出,说好第二天来领。阿牛心花怒放,背着行李飞也似的回到了腾飞旅店。他把小混混帮自己如何讨回公道,老板迫不得已补发自己三千五工资的事告诉大家。

因赌场一律关门,东生、矮古都没地方混饭吃了,特别是矮古已欠两个月的房租了。找事做很难,扒窃又有风险,因为现在大家出门买东西基本上是刷卡,很少人带现金。矮古吃住都成问题,坐在客厅里发愁。

他听阿牛如此一说,精神为之一振,很热心地借了摩托车载阿牛去碰碰运气,如果今天把账结了,可以向阿牛借钱。去了以后,只见老板、会计、出纳都在谈天说地,原来老板叫他明天来领,只是缓兵之计,怕小混混领了钱跑了,以后阿牛的亲戚朋友会来扯皮。矮古是阿牛的老乡,又在同一个屋檐下吃住,于是钱便被他们领了。阿牛看着意外得来的厚厚一沓钞票,心里乐开了花。回到旅店,矮古好话说了一箩筐,想借他五百元解决燃眉之急,可阿牛就是不同意。后来经不住矮古软硬兼施,说“再不借就像打南昌老板一样揍扁你”,阿牛想起矮古打南昌老板的事情,这才抽了一百元给他。矮古气得大骂,阿牛无所谓,就是不借。阿牛怕钱放身边被人偷了,又怕被人骗了去,给父亲保管,又怕被他拿去赌博输掉,更怕父亲给相好的,于是想到了去银行存钱，拿利息。存钱要自己的身份证，阿牛的身份证掉了还没补办，怎么办？矮古说：“既然是老乡，帮忙帮到底，送佛送到西，借身份证给你办存折存钱。”阿牛很高兴，立即去了就近的银行办存折，将三千五百元存进了银行，因还要给小混混钱就存了活期。阿牛拿到存折才放心回家，这是他自赚钱以来第一次存钱，既高兴又好奇，想想自己也可以像那些有钱的城里人一样到银行去拿钱了，心里就像喝了蜜一样甜滋滋的。

矮古见阿牛把钱存银行也不帮他，便想作弄他一回出口恶气，反正他口袋里有钱，带他到赣州火车站一丢，看他怎么过。于是他说：“我们晚上坐夜车去赣州市托运部上班，工资三千元，一个月的工资像你存的钱那么多。”阿牛没多想就答应了。不一会儿，东生和那女子一起从外面回来了，得知阿牛发财了，运气正旺，晚上还要和矮古一起去赣州赚大钱。东生在赌场借高利贷的钱被老板催逼，本来指望打麻将能赢一些，把钱都投进了麻将馆，结果打了水漂，连饭钱也输没了。他了解阿牛，要从阿牛的口袋里掏钱，不能硬来，只能智取。他装着什么也不知，对阿牛说，他今天赌博赢钱了，请他吃晚饭。阿牛看着矮古，为难地说：“没时间了，我们晚上要去赣州打工。”东生说吃了饭再走，明天去，不差这一天。矮古深知东生没安好心，可又不便揭穿，只是悄悄地对阿牛说：“别理他们，我们去我们的。”那女子精灵古怪，见阿牛不答应，就把矮古叫到他们的房间去商议。矮古毕竟是老乡，怕回到桂花村被人戳脊梁骨，所以，不敢过分，只好由着他们去办。晚上，东生果然炒了几个菜端到阿牛的房间去吃，两杯酒一下肚，他便开始说得天花乱坠，那女子自然配合默契。第二天，存折便由矮古的活期账户，转存到东生的定期账户。阿牛放心地把存折交给了东生保管，当晚就去了赣州。

矮古依旧在赌场混饭吃，东生与那女子这段时间打麻将很顺，日子过得很潇洒。

大约过了十天，天刚蒙蒙亮，他俩就听到了急促的敲门声，打开门一看，只见阿牛呆呆地站在门口，手被纱布缠着。

“你干吗这么早回来？”

“我的手被铁皮割伤了，不能上班了，老板叫我坐托运部的车子回来。”

阿牛突然回来，有没有让他俩恐慌不得而知，不过矮古跑进东生的房间坐了半天才出来，好像在商量什么对策。

他们对阿牛说话依然客客气气，不过再不请他吃饭了。老板给的八百元工资，又吃住，又换药，不出一个礼拜就用完了，阿牛只好取存款。这几天，东生就像躲猫猫一样躲着阿牛，待阿牛睡下，夜深人静时才回来。阿牛终于等得不耐烦了，怒不可遏地大吼道："钱、钱、钱，我要取钱用。"东生见躲不过，于是和颜悦色地对阿牛解释说："兄弟，你忘了，你的钱后来转存定期了，要等两年后才能取出来。"那女子更是笑容可掬地跟他解释，把阿牛的一腔怒火降了下来。

一天，阿牛跑到托运部老板那里借钱去医院换药，因怕老板不借给他，为了让老板放心，就跟老板说了他在银行已存了厚厚一沓钞票，由于存的定期，所以取不出来。老板一听，大骂他蠢货，定期可以改活期，照样可随要随取，他们不让你取，就报警。

两个小混混自从替阿牛讨回公道，第二天得知阿牛当天下午就领走了，就到处找阿牛，恨不得把阿牛的皮都扒了。可是阿牛就像人间蒸发一样，消失得无影无踪。后打听到在赣州托运部上班，他们立马就来老板那里证实。阿牛刚从老板那里出来就碰上了他们。仇人相见分外眼红，他们冲上去，一个扫堂腿便把阿牛打得狗吃屎，吓得阿牛魂飞魄散，浑身筛糠似的抖成一团。

"拿钱来，我们的钱也敢不给，你去道上打听打听，你大爷我们是什么人。"小混混恨不得挥拳把阿牛打成烂泥。

阿牛也觉得理亏，两眼死盯着他们，像是防备着就要扑上来的豺狼，他战战兢兢地说："我把钱存银行了。"

小混混听说钱还在，有希望要回来，心里的怒火顿时消了一半，把准备在阿牛身上再练的几招拳脚功夫也收起来了。他们像在战场上抓俘虏一样押着阿牛，回到店里拿存折取钱。矮古一见这架势，情知不妙，一股冷气自脚底透上脑门，一看风头不对，连忙脚底抹油，溜之大吉。

他们上楼找东生，东生不在，下来发现矮古已躲避，一下就嗅出了什么味道，立即拨打110。

民警接到报警，根据他们提供的麻将馆地址，很快把东生、矮古带进了派出所。他们很快就把事情的前因后果说出来了。事情很简单,他们手头紧,赌博赌红了眼,骗阿牛去赣州以后,两个人就把阿牛的钱私分了。东生两千,矮古一千五。民警听了很气愤,当即给了每人两警棍,大骂道:“你们真是安丰县人的败类,连朋友的这点辛苦钱也敢骗来用。”民警早跟他们打过交道,一个是因扒钱包被一伙男女送进来的,一个是抓赌时被抓进来的,两个都是烈士纪念碑凉亭里住的常客,都不是什么好人。民警提出:“你们先拘留半个月,还是先把钱还给人家?”他俩一致表态,每人先还一千,剩下的待上班赚钱了再给。民警问阿牛愿不愿意,同意就叫他们的家人送钱来。阿牛出去跟正等着他给钱的两个小混混商量。他们掐指算算,四六分成,还差一百,罢了,给两千就两千吧。他们都同意了,阿牛还有什么可说的。他还要跟东生、矮古住一起,哪敢逼得紧。于是民警让他们打电话回家,让家里人送钱过来赎人。打了半天电话,他俩家里没一个人送钱过来,客气一点的,说爱莫能助,不客气的就破口大骂。直等到晚上九点钟了,民警发话了,再付不了一千元,只好送拘留所了。矮古一听急得像热锅上的蚂蚁,想了半天才想到向铁厂的王老板求助,好歹是老乡,总不至于见死不救吧。人在急难时智慧可能发挥到极致,没什么口才的矮古竟然声情并茂地在电话里把王老板说通了。王老板很快派人把一千元钱送过来了,矮古获得了自由。他一出门,东生便什么颜面也不顾了,拿起电话就对那女子大声吼叫:“快送一千元钱过来,再不过来,老子出去一脚踩死你。”

“你在派出所还这么嚣张,我看不关你几天,你不会醒悟。”一个民警说。

“钱是跟她一起用掉的,不能让我一个人背黑锅。”东生愤怒地说。

东生的最后一个电话起了作用,那女子很快就在老乡那里凑足了一千元钱,叫矮古帮忙送进派出所。

他俩有惊无险,又回到店里。阿牛从民警手上接过两千元钱,很快就送给了等钱的小混混。东生他们知道是那两个小混混逼着阿牛这么干的,给阿牛十个胆也不敢把他们送进派出所。

阿牛一进门,矮古就说:“阿牛,我以后有钱就会还你。再报警,老子把你丢到广东去,你回家的路都找不到。”

“我才不做你那种傻事,敢再逼我还钱,老子两脚踢死你。”东生说话的口气，好像要把阿牛一口吞下去似的。

阿牛好像欠了他们什么，低下头任他们说，屁也不敢放，只是点头唯唯诺诺。为了生存，阿牛手稍为好点就去上班。挑沙上六楼，好在是肩上的功夫，手痛并无大碍。因为东生当众说的那句“踢死你”的恨话在店里广为流传，几乎成了大家的口头禅，随时都在提醒阿牛，他再没钱也不敢开口要他们还钱。阿牛再没见过小混混，更没碰上能为他主持公道的人，有时他也想做一个天下无敌的人，可因为他的无知、懦弱，一直做不了，又因为东生、矮古及小混混他们的阴影罩着他，连原来的那点男子汉的骨气也在慢慢消融。自己的钱权当掉了，从此再也不提，不了了之。

自从出了这档子事以后，东生、矮古和那女子，感觉大家看他们的目光有点异样，说话再没以前客气、友好了，甚至爱理不理，他们这才感到脸面扫地，才觉得自己的行为太不仗义了。矮古也许是怕阿牛的父亲知道情况后会来向他兴师问罪吧，找了个借口退房走了。东生说要回家去帮忙种脐橙，也退房走了。女子连招呼也没打便灰溜溜地跑了。谁也没挽留他们，好像跟他们多说一句话都很费劲。

第十四章　搞钱

“阿牛,过来,矮古呢?太不像话了,搞钱搞到老乡头上来了。你这笨猪赚钱了,怎么不拿来我替你保管?”阿牛的父亲刚听到铁厂王老板说起儿子的存款被矮古他们挪用的事,气得暴跳如雷,“你虽不是我抚养大的,不管怎么说我也是你的父亲,小时候是我的错,前几年,是你外婆的缘故,我对她都认错了,可她就是不让你认祖归宗,不让你跟我在一起。我这次从外县做小工回来,听说你来了安丰县城,我便到处找你,希望弥补我的过错。可你没钱了只知来搞我的钱,从来没给过我一分一毫。现赚了几千元,竟然存到别人的存折里去,以后再不理你了。”

“我怕你拿去赌博输掉,也怕你拿去给那恶女人。”阿牛实话实说。

“不能怪他,这件事发生得太突然了,我们都不知道怎么回事。”肖山站出来说。

“原来没发现东生这么毒,全被那女人带坏了。”张忠说。

“他又不是三岁小孩,怎么能怪女人呢?再说,如果阿牛给了你,也许早进了赌场老板的腰包了。”肖山说。

阿牛父亲被大家一说,仿佛是自己的错,又不便解释,临走说了句“你了不起,会赚钱了,以后再不要来找我了”。他气呼呼地说完,扬长而去。

“哈哈,哈哈。”阿牛看着父亲远去的背影,竟然大笑。是对父亲从小没抚养他而报复后的快意,还是有了赚钱的绝招而欢欣鼓舞?东生他们走了,把阿牛心里的苦痛一并带走了。如果没人提起,阿牛简直当没发生一样,他本来就没奢望有那笔钱,好像那笔钱不是自己干来的血汗钱,而是小混混他们从老板那里搞来的。阿牛这段时间总在苦思冥想,为什么小混混搞老板的钱不犯法,而东生他们搞自己的钱用是犯法?小混混从自己手里拿钱又不算犯法,难道民警也知道小混混的腿脚功夫很厉害而放他们一马?咳,不管他,他们搞了我的钱,我得找个目标搞回来。搞谁的呢?上次碰上一个老乡，我说了句没钱吃饭了，给点钱，老乡一次便给了五十元；上次碰上一个神经病，一见自己的凶相就抖抖索索地从口袋里掏出二十元钱，叫我拿去用；搞老爸的搞得最多，可一直没事。对，以后就轮换着搞他们的钱。

当天下午阿牛就去理发店理了个光头，脸黝黑，牛高马大，不说话，脸一沉，便显露出一副凶神恶煞、令人敬畏的神态。特别是当两只深陷眼眶的眼睛紧紧盯着人家看时，不知情者，便会心里发慌，以为遇上了刚发作的神经病患者，赶紧避而远之。

一天，阿牛上街买菜回来的途中，偶遇那天给钱的神经病，见了他惊恐万分。阿牛突然觉得自己是老大，是谁都不敢欺负的流氓。他大吼一声“拿钱来”后威风凛凛地站在神经病的面前，看见神经病翻口袋时的诚惶诚恐，心里有说不出的畅快，见神经病一身脏兮兮的，想亲自搜查，又怕沾上什么病。于是他便寻了一双手套，套上手套，便往神经病身上搜，虽然没搜出一分钱，觉得当了一回老大，已心满意足了。他提着菜，一路神采飞扬地唱着战歌回来。一回到住处，他便当众宣布找到了一个搞钱的路子。大家都诧异地盯着他看了几秒钟，他沾沾自喜地把如何对待神经病的事情吹了一通，张忠摇摇头，露出无可救药的神态。

“经理，你被东生他们整聪明了，也学会不劳而获了，了不起。”肖山说完便上街摆棋摊去了。

阿牛得到了自认为的恭维、赞赏，情绪激昂地当众宣布，他以后要做县里所有神经病的老大，要戴手套去搜他们的身，要他们把所有的钱都奉送给他，孝敬他，不给钱就吓唬他们。人们常说弱肉强食，想不到智障的阿牛，从被人骑的感悟中，很快便找到了被他骑的目标。阿牛不费吹灰之力，就把他认为的神经病的钱吞掉了，并视为生存之道。

天刚放亮，朝霞还没出来，他就起床了，一早便满街去找神经病要钱，只搞到十五元便得意地回来了。第二天，一早又去找他们要钱，遗憾的是只要了三元钱，可他一点也不气馁，信心十足。第三天，只要到一元，这时有些坐不住了，他大声吼道“拿绳子来”，谁也没理他。

一连几天上蹿下跳，一早便到处去找能给他带来财运的神经病，今天却令他怒火冲天，忙了一上午，神经病仿佛在世上已绝迹了似的，竟然没碰上一个。阿牛心生疑虑，难道那些神经病都被城管悄悄地送走了？

天气闷热，太阳烤得阿牛的大脑晕乎乎的，他摸着空空如也的口袋，口干舌燥，精疲力竭地回到住处，哭丧着脸坐在靠门边的凳子上，做老大的威风消失殆尽。他见什么都不顺眼，见人家吃饭便恶狠狠地盯着人家看，见肖山饭后拿出一包烟很享受地从中抽出一根来抽，没瞅他一眼，便火气直往上冒，大声地呵斥道："老子把你的烟扔掉。"

阿牛一连几天总想着不劳而获，在神经病头上作威作福当老大的希望破灭了。大家也觉得奇怪，只一夜工夫那些神经病便失踪了，是集体被送外地去了，还是被政府民政部门收容送精神病院去了，或是被他们的家人领回去了，或者他们只是装疯卖傻，根本不是什么精神病。不管怎么说，这件事给了阿牛精神上沉重的打击，断了他好不容易想出来的发财梦。

大家吃中饭了，阿牛因没钱买菜，从锅里端起饭放在厨房，而后垂头丧气地进房间躺着。发家致富的梦想已破灭，自然得另想办法，当然他最期盼的还是明天一早起来会出现奇迹，会有很多神经病等着他去收钱。想归想，可解不了渴，到晚上已饿了两餐，肚子咕咕叫，他终于忍不住了，给父亲打了个电话告急。父亲说一句"自己赚钱养活自己"，就把电话挂了。阿牛不知是有意跟父亲搞绝食斗争，还是气饱了，或是精神受了打击而食不甘味，睡了两天两夜才起床，有气无力地坐在门口，眼巴巴地盯着路人，盯一会儿便唉声叹气，看着张忠他们去上班，就是提不起劲。

"经理，我请你吃饭，下午一起去上班。"

"不吃，我饿过四天都没事。"

"阿牛，来，我借十元给你去吃便餐吧。"

"不要，借钱要还，我爸不给钱，不吃。"

"你爸赌博输光钱了。"

大家都在关心阿牛。

"不管，你们帮我打电话给他，说我饿几天了，快死了。"

电话通了。

"哈哈哈，有钱用了。"阿牛站起来欢快地说，很得意地扫视周围的每一个人，脸上露出笑容。

“你爸被你拖苦了。”

“他经常去赌,输给赌博机的钱,还不如给我用。我不想做事,又脏又累,划不来。”

一个小时过去了,他父亲还没有送钱过来,这时阿牛脸上的笑容一扫而光,再也坐不住了,走进走出,自言自语地说:“怎么还不来呢?是没拿到钱吗?还是被恶女人牵住出不来了呢?或是店里人多,不好意思这么早送钱过来?”

“你还要继续绝食吗?”张忠诧异地看着他,心里莫名其妙地升腾起对他的反感。

阿牛谁也不搭理,心急如焚地跑出去了。望着他远去的背影,大家都在猜测他去干做什么,是去赌场找父亲,还是到处宣扬自己如何与父亲做绝食斗争,或者盯着人多的地方看有没有钱捡。也许这些都不是,而是一门心思盼着父亲能送钞票过来。

这是一个月色朦胧的夜晚,往常这个时候大家忙碌了一天早已躺下,可是今晚却因阿牛还没回来,大家似乎没了睡意,都在讨论阿牛好逸恶劳的思想演变,一致认为阿牛搞父亲的钱,是父亲不称职、教育不当的报应。阿牛父亲吃不得半点亏,还教儿子划不来的事别干。以前阿牛一直自食其力,活得好好的,大家也很关照他,心里都有一杆秤,虽然付给他的钱比其他人少,可阿牛平时只要一说没钱吃饭就有人给他送钱。人家凭什么送给阿牛,不正是他留了一份人情在吗?再说当父亲的不给儿子做个好榜样,却把辛苦赚来的钱拿去赌博,儿子哪里还有心思再做事?

夜深人静,万物已进入梦乡,阿牛拿着父亲的一百元钱喜滋滋地回来了,可惜大家都睡下了,没有人与他分享他绝食斗争后胜利的喜悦,更没有人听他海吹今后还要如何搞钱的妙招。他在客厅里打着饱嗝,坐等了半个小时,竟没有一个人起来跟他搭讪,只好灰溜溜地回房睡觉。

第十五章　义气

张忠是个待人接物很讲究分寸、义气的人，不管谁请他吃喝，有时客气地拒绝，有时很斯文地品尝一下，说句谢谢。张忠是这里吃穿最节省的人，一斤青菜吃一天，很少见他买肉吃，穿着低劣廉价的衣服，吃穿还不如店里的乞丐，大家都劝他不要太省了，要多买些肉吃，营养不良，得病了可不好。他却说："没办法，赚不了钱，我早已不在乎吃什么了。能解决温饱就行。"张忠这句百说不厌的安慰话，大家都不知听了多少遍。这句话既安慰了自己，也劝解了别人，活着就是好，什么厄运也不在话下。他活得知足，如果说他还有什么缺点的话，就是人性的那点贪念，使他陷入在买彩票的迷宫里而不能自拔，每个月赚的钱，除了用于生活的最底开销外，余下悉数买了彩票。用他自我安慰的话说，中奖了算是运气，不中，中国要办奥运会了，权当是支持中国的体育事业，他的豁达、坦荡令所有认识他的人都十分佩服。

他做人做事讲公平，讲诚信，讲义气，可往往现实并不如意。他搬运水泥，常常路途远的总是他去，次数多了，不加价，便不想去了。再说一逢下雨天，工地停工，自然他们也得停工，于是他就想找个包月的工作来做，想想自己年纪大了，又没技术，要找份安逸点的事做，比登天还难，想起自己在家里曾做过煤球，于是便去煤厂寻事做。因粉尘大，容易得职业病，做煤球的工人确实难找，有人找上门来，老板惊喜得二话没说就答应了，叫张忠第二天就来上班，工资一千二，一天九小时，每月休假一天，包吃。无奈生存要紧，张忠也不讲价，第二天就按约定时间去上班了，直到天黑以后才回来。做了一段时间人又黑又瘦，大家不问则已，一问便气不打一处来。原来他们每天上班最低也要十个小时，每天快下班时，老板就叫他们去送煤，一送就两个小时左右，有些还要挑上楼去，工资一分不加，个把礼拜或偶尔加班加点也没啥，可天天如此，就过分了。

休假时，那些一起在煤厂打工的同事，买了两瓶白酒，相约到张忠那里喝。实际上他们都是有目的而来,他们见张忠说话耿直,为人坦诚,便想推举张忠出面跟老板协商,如要加班,要加工资,否则,大家罢工。大家如此看重自己,且团结一心,哪有不答应的道理,张忠热血沸腾,当天便去找老板协商此事。老板知道张忠是个有血性的汉子,便很诚恳地回答说:“对不起,辛苦你们了,以后一定注意,合理安排。”

假期一过,大家又开始上班了,一个礼拜过后,老板又恢复了原样,加班不加工资。做了半个月,还是如此,大家便相约罢工,每天都到张忠的屋里聊天、打牌。老板也不急,心想口渴自然会找水喝,民工有什么可傲气的。

罢工的第三天,老板的父亲找张忠求情说:“大家开工吧,原煤又提价了,生意难做,待形势好转,一定给大家涨工资。”张忠一句话:“不行。”又过了两天,父亲秉承儿子的旨意又来找张忠,说先给他加三百元的工资,求他叫大家开工。张忠还是那句话,做人要讲义气。老板听了父亲的汇报,摇摇头,暗自发笑,自此再也没去找他了。

又过了两天,连一起在煤厂打工的同事也没来找他聊天了。他想是不是他们碰到什么难事了,或病倒了,大家都是同甘共苦的兄弟,现在是罢工最艰难的时候,谁有困难都应相互帮衬才对。于是他早餐后便去找那几个难兄难弟,走到他们的门前一看,结果个个都是铁将军把门,连他们的影子也看不见,后在公用电话亭给他们打电话,都说没事,这才放心。

晚上在客厅看电视,肖山见他忧心忡忡,便好奇地问:“你那帮做工的兄弟,是不是已开工了,这几天都没见他们来玩了。”

张忠坦然地笑笑说:“没有,他们说了等我与老板谈妥,加工资了,才会开工。”

第二天,为了生存,为了不辜负大家对自己的重托,他决定自己主动找老板协商。老板见了他满面笑容,说话很客气,倒茶让座,并拿出一瓶好酒给张忠斟满一杯。

“敬你,是位铮铮铁骨、最讲义气的男子汉。”老板端起酒一饮而尽,脸上依然挂着笑。

老板的态度出乎张忠的意料,觉得加工资有望。

“你想通了?”

“想通了，每人每月加一百元。”

张忠听了长长地舒了一口气，如释重负，总算完成了自己的使命。

“走吧，进车间去看一下吧。”老板提议说，张忠跟随在后。

“这些就是你要跟他们讲义气的兄弟。”

张忠诧异地看着他们，仿佛他们是从另一个星球来的人，感到很陌生。他大跨步地走到他们面前，愤怒地说：“你们是人还是鬼，开工也不说一声。”

“对不起。”他们好像商量好似的异口同声地说。

张忠气得大脑晕乎乎的，从车间出来，他啥也不想说，正要离开煤厂，老板说：“他们要加工资，就得减一个工人，请你另谋高就吧。”

张忠的心突然有股刺痛，做人的理念受到了巨大的冲击。

张忠回到住处，肖山一看他的情形就知道怎么回事，于是提醒说：“现在是什么时代了？”

“我不知道。”张忠大吼道。他突然觉得自己跟阿牛一样无知，被人当枪使，他不明白，人怎么会有这么邪恶的一面？他又成了一名无业游民，一连几个晚上都在反思自己错在哪？自己讲公平、诚信、义气，错了吗？

第十六章　卖蜂糖

肖山在腾飞旅店足足住了两年的时间，五十多岁，两鬓发白，中等身材，浓眉大眼，黝黑的脸上布满皱纹。据说他原来是搞房地产的，后因被三角债追逼，不得已来到安丰县，在此以下棋为生。

肖山不愧为生意人，在这些素质不高的民工群里，他可算是佼佼者，即使身无分文，在夹缝中生存，也能活得有滋有味。

这次市场整顿整整两个月的时间，不准乱摆摊设点，这对肖山来说真是一个严峻的考验。为了生存，他几乎使出了浑身解数，见人说人话，见鬼说鬼话，八面玲珑，阳奉阴违，只要有利可图，请他吃饭或借钱给他，他甚至愿意为乞丐、赌徒洗衣、做饭，什么都干，朋友不像朋友，保姆不像保姆。

说来有趣，乞丐排骨王原来不买六合彩，因常跟他吃吃喝喝，受肖山的影响，也会或多或少地买一些。肖山对六合彩更是钻研得废寝忘食，尽管钱像投进水潭一般连泡都没起，搞得负债累累，可他依然恒心犹在，乐此不疲，无形中与排骨王有了共同的语言，同走一条致富的捷径。

这天肖山选了两组十拿九稳的号码，苦于没钱买，心急如焚，于是便买了一瓶五元钱的白酒请排骨王喝。他一边斟酒，一边说些奉承话，让排骨王听了心里美滋滋的，自以为春风得意，越喝话越多，忘乎所以。肖山趁此机会向他借一百元，他毫不防备地从口袋里抽出一张百元大钞，很潇洒地递给了肖山。一瓶白酒几乎让他一个人喝了，肖山半杯酒直喝到最后。第二天酒醒，排骨王直呼上当，后悔不迭。

一日，一个靠卖假蜂糖的瑞金小生意人林某一进门，大家便蜂拥而上，与之热情打招呼："哇，林老板，你好，从哪里冒出来的，大家都在盼你来呢。"仿佛在迎接久别重逢的朋友似的，肖山握着林某的手更是久久不放，似有千言万语，那份热情让我感动，仔细想想林某的为人处世，又是在情理之中。

林某每年都会来店里住两三次，每次一住就是十天半月。他的生意好个把月，利润高，能赚钱。他爱喝酒，店里几乎所有会喝酒的人都沾过他的光，不会喝酒的他就买了水果或饮料放在客厅的桌子上给大家吃，那真是见者有份，雨露均沾，给人的感觉就是豪爽。素不相识的人受到他的热情款待便认为他喝醉了酒，不把钱当回事。美中不足就是他爱说粗话。

每次他来都住有电视的房间，说没电视看很难熬。他最喜欢的还是与肖山下棋，他每次见肖山有时间就会提一瓶酒去与之博弈。他本来棋艺就不精湛，可每次与以下棋为生的肖山下棋，基本都能赢。每次下棋都有人观战，稍有点水平的人都能看出点门道，只有林某自我感觉特好，像大哥似的说："娘希匹，你老弟这个水平也想出来混，真稀奇。"肖山也不觉得难为情，只是嘿嘿地笑。林某赢得舒服，赢得开心，赢得有面子，愿为他花钱，请他吃吃喝喝。肖山哪里是下棋娱乐，简直是拿他当衣食父母来供奉，与其他人下棋绞尽脑汁想法子赢，与林某下棋正相反，肖山则想着法子怎么输棋。肖山的用心良苦可想而知。

这天，林某用白糖熬制了二十多斤蜂糖，第二天去县城赶圩，为了占个好圩位，一早就去了。不到八点钟他就急匆匆地回来了，说家里来电话有事叫他回去，他把余下的二十多斤蜂糖全部送给了肖山。肖山如获至宝，眉开眼笑，突然觉得自己的好运来了，觉得自己输棋的绝招总算得到了回报，这些三十多元钱一斤的冒牌蜂糖，自己去卖完，收入近千元，所欠的债就可一并还清，有了钱就可当大爷，再不用低声下气了。想想又不对，在家靠父母，出门靠朋友，大家出门在外谋生都不易，一个人独吞会不会引起民愤，万一出了事，吃不了兜着走，以后大家还怎么相处？反正是林某白送的，就做个人情，借花献佛，送些给张忠、东生、阿芳他们，一起去卖吧。肖山经过再三考虑妥当便逐一说明，张忠倒是硬汉，说无功不受禄，并摇摇头说自己不是做生意的料，很客气地拒绝了。东生刚从家里出来，还没找到合适的事做，一拍即合。阿芳更是蠢蠢欲动，跃跃欲试。肖山拿矿泉水瓶子装好，第二天便去县城赶集，他们三人各自拿了五瓶上街摆摊出售。阿牛也想提几斤去卖，肖山说："你不会算账，容易被人骗。"阿牛无奈，只得闷闷不乐地跟在他们的背后看稀奇。

他们一连卖了两天，一斤也没有卖出去，从开始的欣喜若狂到后来变得垂头丧气。林某每天卖几十斤,是如何销售出去的?他们在一起只知吃喝玩乐,从来没有向林某讨教过。

肖山看着东生、阿芳他们拿回的五瓶假蜂糖一起摆放在角落,于心不甘,又不知里面配制的成分是否有害,吃又不敢吃,送人又不敢送,卖不要说没人要,即使有人要也胆战心惊,生怕买了假蜂糖的人,万一吃出了问题,找上门来兴师问罪。丢掉又觉得可惜,想不到这二十多斤白送的蜂糖竟成了肖山的一块心病。踌躇满志的他,这时才发现自己不是做生意的料。

东生从林某打一枪换一个地方,半年来一次,便知他赚的是昧良心的钱。他在肖山的劝说下,只是去试一试,并不想赚这种钱,卖了一天就不想去了,被大家一劝,又摆了一天无功而返。

阿牛在洗衣服,肖山眉头一皱,计上心来,他拿出一瓶对阿牛说:"这瓶送给你喝,条件是你要把那些蜂糖卖掉。"

阿牛连连点头,欢天喜地,长这么大还不知蜂糖是啥滋味呢。他双手接过那瓶假蜂糖,衣服也不洗了,来到客厅,急不可待地拿了茶杯,一个人端坐在圆桌边,一杯接一杯,有滋有味地冲着喝。他闭着眼,笑眯眯的,每喝完一杯嘴巴便发出"嘶、嘶"的响声,连说"好喝,好喝"。样子特幸福,特享受,一下喝了一半多,剩下不到半斤,这才仔细地看它的颜色。

这时张忠从外面下班刚刚回来,他看见阿牛的神态,便知八九不离十。他大喝一声:"阿牛,别乱喝,那是假冒产品。"

阿牛一听,拎起来左看右看,因尝到了甜头,握在手上,爱不释手。

"没事,肖大哥让我喝了这瓶,要帮他拿到街上去卖。"

"阿牛,人家得知你卖的是假货,到时打110报警,把你铐起来去坐牢。"

阿牛听了大惊失色,脸上的笑容一扫而光,他手握那瓶剩下的假蜂糖,走到门口,几次举起来想摔出去,可就是舍不得丢,拿在手上掂来掂去,最后还是拿进房间了。阿牛考虑了一个晚上,终究没这个胆量拿到街上去卖。说话不算话,又怕肖山找自己算账,虽然是假蜂糖,已喝了一半多,要赔哪里能赔得起。为了躲避肖山,他一连几天早出晚归,天蒙蒙亮出去,待大家睡下了才回来。

一个礼拜过后,林某回家处理好事情又出来了。林某回到店里还没有住下，肖山一见便急忙把林某的假蜂糖提到他面前，并汇报说：“除送阿牛喝了一瓶，没卖出去一斤，余下全部奉还。”

林某听罢大笑，连骂他“傻瓜，傻瓜”。

林某回来了，阿牛第二天就休息，谁也不怕，阿牛想，好在肖山免费送给了自己一瓶，过足了喝蜂糖的瘾，如要自己买来喝，还不知要到猴年马月才能品尝到蜂糖的滋味。虽然是假冒产品，可阿牛并不遗憾，依然觉得这是很值得庆幸的美事。

林某回来的第二天就去乡镇赶集，一天就把剩下的二十多斤假冒产品销售一空，令肖山他们惊得目瞪口呆。

晚上林某在肖山那里又赢了几盘棋，自然心情舒畅地当大款，请他们吃夜宵，大家又是雨露均沾。

吃一堑，长一智。肖山觉得他们销售失败，最主要的原因是不了解产品的主要配制成分，底气不足，想想两元多一斤的白糖，能熬一斤多蜂糖，什么生意的利润有它高？不如把他熬制的秘方要过来，如果吃了没问题，自己熬制蜂糖去卖。主意打定，他便邀了阿芳商议如何智取林某熬制假蜂糖的配方。他俩凑了五十元，当天就在酒店为林某摆出了鸿门宴。他们全都是行走江湖的高人，一唱一和，各怀鬼胎。

林某刚回来的当天，肖山便问他：“你那蜂糖里都放了些啥，我们卖不出去，主要是不敢理直气壮地卖，生怕人家吃坏了肚子，找上门来兴师问罪。”

林某说了句“没事，吃不死人”，便没下文了。林某这次见肖山在这么贫困的情况下，还挤出钱来请他上酒楼，便知他们要配方要定了。

林某红光满面，酒足饭饱以后，因抹不开面子，便用开玩笑的口气对阿芳说：“你买瓶好酒给我喝吧，我就告诉你。”

阿芳觉得水到渠成，可又怕他变卦，立马跑出去，买了三十多元一瓶的白酒及纸和笔回来。

“说话算话。”林某喝醉了酒，大声嚷嚷，待阿芳摊开纸，便站在屋中央似指挥官一般，手一挥说：“明矾。”

“明矾，什么矾，肖大哥，你来写吧。”阿芳说。

“你真是不懂，商店有卖，来，我说你写，要好多种原料才能配制成蜂糖。”

肖山从阿芳手上接过纸和笔，聚精会神地听林某说一句，便写一句，生怕有什么差错，极认真，并声明说这个配方他也会留一份。

“我说话一定算数。”林某又重复说，这才开始说到正题。肖山则一字不漏地写。

“白糖二十斤，配水六斤半。用旺火熬，大约半小时，后配以下配料：一、明矾一两至一两半；二、甜泡泡打粉，四十克做三次用；三、蜂蜜香精五克左右；四、丁香用五十度左右的高度白酒泡十五至二十克……”

林某话一停，肖山、阿芳不约而同地像审犯人一般审视林某。

“就这些，我是一言九鼎的人，一是一、二是二，从不说假话。”

肖山、阿芳相视一笑，觉得大功告成。

林某又在安丰县做了一个礼拜的生意。第七天的早上，林某一早在街上摆摊，被一女子认出来了。她说以前便秘吃了蜂糖没事，这次吃了他的蜂糖病情加重。那女子是本地人，立马拖他去派出所，林某情急之下，塞了两百元钱给那女子才脱身。林某怕那女子打110报警，立马撤退，回到店里，快速地捡好东西，叫了辆三轮车逃命似的送到了汽车站。林某那惊慌失措的样子，心急火燎的狂奔，令肖山他们瞠目结舌。大家的心悬了起来，难道那假蜂糖吃死人了，警方正在追捕他不成？肖山回头将自己抄写的熬制蜂糖的配方拿起来撕了。阿芳一看很心疼，她心疼的不是配方，而是心疼自己白送了一瓶好酒。

肖山看着林某狼狈逃窜的背影，长长地舒了一口气，如释重负，现在才知道林某对大家的好，并不是大方豪爽，而是做贼心虚。肖山咬牙切齿地说：“妈的，下次再跟我下棋，老子整死你。”

第十七章　请胎教

“我偷了一只鸡，又偷了一只鸭，身上背着一个胖娃娃——”阿芳在客厅里眉飞色舞地边唱她自己篡改的歌词，边在每个人的肩上拍打一下，仿佛是大歌星在互动，把所有人的目光一下吸引在她身上。

“阿芳，捡钱包了?”矮古受宠若惊，被女人这样主动亲昵，生平还是第一次。他摸摸被阿芳拍过的肩膀，似喝醉酒一般飘飘然。

“阿芳，钓大鱼了?”乞丐排骨王色眯眯地盯着阿芳胖嘟嘟的脸猜测。

“我要做母亲了。”阿芳的眼睛、眉毛都在笑，毫不害臊地说。

“未婚先孕，可不是好事啊。”张忠提醒她说。

“他的年纪都能做我爹了，他想娶我，我还不愿意呢。”阿芳把头一仰，得意地说。

大家问他那男的是谁，可她就是不说，保守秘密。

“阿芳，有喜了，恭喜你呀，你得请客。”肖山摆了一天的象棋摊，竟没有一个人敢挑战，身无分文，正愁晚餐没着落呢。

“去凤凰酒楼请吧。”肖山不假思索地提议道，恨不得立即到那高档酒楼点一桌美味佳肴饱餐一顿。

“你想坑死我呀。”阿芳狠狠地瞪了肖山一眼，脸上却不失笑意。

“小气鬼，有人替你报账，怕啥?”排骨王嬉皮笑脸地说。

“千年修来同船渡，让大家也沾沾光嘛。”矮古也极力劝说。

“是啊，是啊。”阿牛也跟着起哄。

“行，我请示一下老总。”阿芳边说边从衣袋里掏手机。结果，话没说完，那边一句“神经病”就把电话挂了，在众目睽睽之下，阿芳面子上哪里挂得住，她气得暴跳如雷，立马再打电话发威，那边电话却已关机。

大家见阿芳的举动便知请客没指望了，刚才那众星捧月的气氛一下冷了下来。阿芳想，大家平时嘻嘻哈哈惯了，何必当真，肚里还是个肉团团呢，摆什么阔呀。这些跑江湖的,觉得你赚钱容易,真恨不得把你的皮扒了,他们不变着法子吃你的吃谁的呀。

肖山坐在客厅,于心不甘,暗想,我就不信邪,凭我的智慧,还弄不来一顿饭吃,眉头一皱,计上心来:“阿芳,你可得争口气,生个神童出来,让我们这些难兄难弟也好沾沾光。”

“哟,什么鬼话,这个由得你选吗?”阿芳狐疑地看着肖山说。

“行啊,晚上请我吃饭,我给你献上一计,保管有用。”肖山很严肃地说。

阿芳白了他一眼:“你骗鬼哟。”

“请吧,阿芳,看他有什么妙计。”东生不怀好意地说。

“肖大师,牛皮可不能吹大了。”张忠笑着说。

“这么便宜的事,肖大师,我信你一回,请你吃,你那妙计可要留给我啊。”矮古半信半疑地说。

“我请,去门口饭店,叫他们送一份十元便餐过来给象棋大师吃,看他狗嘴里能不能吐出象牙。”阿芳被大家一劝动摇了。

大家都知道肖山鬼点子很多,都好奇地追问他的锦囊妙计。

肖山暗自偷笑,任谁追问就是缄口不语,不是他故意吊大家的胃口,而是饥肠辘辘,怕到嘴的鸭子飞了。

不一会儿,饭店送来了一盘萝卜炒肉、两小碗饭。

“再加两个饭吧,中午没吃,太饿了。”肖山毫不隐瞒地说,饥饿把他自视高人一等的说话口气一扫而光。

“你做什么鬼生意哟,连肚子都填不饱。”阿芳惊讶地问,突然觉得身为一个女人真幸运。

“肖大师,你摆象棋的日子太长了,那些象棋爱好者,早与你过招了,谁不知你的棋术,你这样下去不行,得改行了。”张忠见肖山似牢里放出的一般狼吞虎咽,便好心地劝道。

其实肖山早就料到摆棋摊度日不是长久之计,只是自己一贯靠脑力吃饭,偶尔干干体力活还行,要像他们一样长期靠卖力气赚钱恐怕吃不消。他早就打定主意,不到黄河心不死,没逼到走投无路,决不做苦役。张忠的话让他无言以对,自己五十多岁了,确实怕过张忠、阿牛他们这种卖苦力的生活。

不到十分钟,似风卷残云一般,肖山就把这顿晚餐一扫而光。这时大家倒是不问了,齐刷刷地瞪着他看。

“你们都想吃了我呀。”肖山开玩笑地说。

“快说你的妙计。”阿芳迫不及待地叉着腰追问。

“胎教。”肖山怕大家听不见,大声说。

“胎教,啥意思?”阿芳好像在哪里听说过,可一时又想不起来。

“就是小孩还在娘肚子里就对他实施早期教育。”肖山故作高深地说。

“我才不信呢,这些鬼话用来骗城里的那些太太还差不多。”阿芳冷冷地说。

“你真是文盲,这可是早就被人家试用过的科学成果,你可不能输在起跑线呀,让我来做这小孩的干爹吧,等我赚钱了,买套胎教资料送给你。”

“等你赚钱买,说不定小孩在地下爬了,还不如认我做干爹,我立马就买给你。”排骨王不甘落后地说。

“花那些钱干什么,我们个个都有绝招,请我们大家去撮一顿,每人教他一招,保管他受用不尽,打遍天下无敌手。”矮古自作聪明地说。

“哼,什么臭招,全上不得台面。”肖山鼻子一哼,又神气起来了。

“我靠劳动吃饭不丢人啊。”张忠说。

“我手残疾,没办法,又不是捡你的,姜太公钓鱼,愿者上钩。”排骨王理直气壮地说。

“我就是干这行的,抓住了,算我倒霉,没抓住,算你破财消灾。”矮古恬不知耻地说。

“你呀,真是不可救药。”张忠露出鄙视的目光说。

张忠的一句话,早已在阿芳的心里像打翻了五味瓶,很不是滋味,特别是那刺耳的“丢人”二字,让她为之一震。“我怎么了?”阿芳自己也觉得奇怪,自己不是早就不在乎人家指桑骂槐、说东道西吗?

夜深了,皎洁的月光如倾泻的清流,注满大地。阿芳靠在窗台上仰望天空,第一次发现月亮是那样明媚,那样让人陶醉。今晚她失眠了,以前是为那些不顺心的事烦恼而失眠,今天却是为自己将要成为母亲感到兴奋而失眠，为有这么多热心的朋友关心胎儿的成长而失眠。肖山以前是房地产老板，见多识广，他说的没错，我既然付出了这么大的代价，一心想做城里人，我就要像城里人那样，让胎儿也能享受到早期教育，生个聪明健康、活泼开朗的神童下来，就可以扬眉吐气地把儿子带回家，就可以母凭子贵，跟着儿子享清福……阿芳思绪万千，在胡思乱想中进入睡眠。

一觉醒来，阿芳习惯性地跑到窗前，只见金灿灿的朝晖渐渐染红了东方的天际，崭新的一天又要开始了。

那个男人，不知是被她怀孕请客的荒唐电话吓住了，还是另有新欢，半个月了，不仅没按约定的时间约会，连电话也关机。阿芳头上似浇了一盆冷水，大脑清醒了许多，突然觉得自己是那样傻，那样自作多情，把一个并不看重自己的男人视为爱人。这时她才真正意识到，不管这个男人为你花多少钱，对你说的话多么美丽动听，都是在逢场作戏，你在他眼中都是贱女人，是他的玩物。他之所以要对你好，只是需要一个专用的泄欲工具罢了。也许正是因为自己一直不孕，可免除许多麻烦及后顾之忧，他现在也许不相信我已怀了他的种，以为我想怀孕想疯了，在跟他开玩笑，或以为我想借此敲诈他的钱。万一他知道我怀了他的孩子，会让我生吗？他的家人会放过我吗？阿芳越想越害怕，心里就像压着一块沉重的大石块直往下坠，一时喜，一时忧，她把牙一咬，两只手护着腹部歇斯底里地说："宝贝，你就快乐地生长吧，我拼了命也要保护好你，让你像城里的孩子一样过上衣来伸手、饭来张口的幸福生活。"

"阿芳，一早哭丧呀，是不是老板拖欠民工的工资？这可不能含糊啊。"肖山搬了两张凳，提了几副象棋正要出去摆摊，见阿芳靠在门边，皱着眉头，便戏谑地说。

阿芳听出了话中被讥笑的意味，不理不睬。

"被老板炒鱿鱼了，别怕，你大哥我会收留你。"

"行啊，赚了钱可别忘了我啊，我可等着你的钱活命呢。"阿芳故作应承，心里却在暗骂色鬼，泥菩萨过河，自身难保。

阿芳长得丰满性感，皮肤白皙，肖山早就对她垂涎欲滴，只是苦于囊中羞涩，又不愿在她面前低三下四，所以，说话时话中常带有吃不到葡萄说葡萄酸的味道。由于常入不敷出，他需要他们在经济上帮忙周转，每次与阿芳干仗理论，最后总是自己先败下阵来，最后说一句“好男不跟女斗”。

肖山见多识广，能说会道，能屈能伸，原房地产老板的身份，又令店里的男女刮目相看，常因在生活中出些鬼点子，为大家出谋献策，而被他们当座上宾。

肖山一到市场，只见穿着制服的城管满街串，便知今天情况不妙，一问今天市里果然有领导要来搞调研。市场整顿，禁止乱设点摆摊。肖山无奈，深深地叹了一口气，只好打道回府，闲着没事便找人聊天穷开心。

“美女，大哥回来了。”肖山没敲门，一头就撞进阿芳的房间。

阿芳坐在床沿上用面巾纸擦着泪水，正在抽抽噎噎地哭泣，惊得猛地站起来。

“天砸下来了？”肖山疑惑地问。

“肖大哥，怎么办，那个臭男人，说给我五千元营养费，让我把孩子打掉。”阿芳双眉深锁，面带愁容，眼泪汪汪地说。

“我们给他来招瞒天过海，要不干脆说是我的孩子，我都认了，他还能怎么样？”

阿芳听罢，破涕为笑，心里突然感觉热乎乎的，这才想起问他：“你找我干吗？”

“给你钱哪，不是说好我来包养你吗？”肖山一本正经地说。

“真的，发财了？”阿芳惊喜地叫起来。

“给你。”肖山故意把手伸进口袋里去掏钱。

阿芳信以为真，一阵狂喜，一下蹦到肖山面前，摊开双手去接，只见是一团面巾纸。

“妈的，你敢戏弄我。”阿芳紧握双拳朝肖山的肩上狠命地捶。

“你不是常说金钱如粪土，情义值千金吗？面巾纸总比粪土好吧。”肖山说完很畅快地哈哈大笑。

“让你笑，让你笑。”阿芳为自己刚才气昏了头，傻到真假不分而笑骂肖山。

“阿芳，反正你现在不在乎钱了，就请我当家教吧。”肖山笑着提议说。

他觉得阿芳素质太低了，确实需要调教一番。

“你又想搞什么鬼把戏？”

“看你，一口流氓腔，太没女人味了，不好好学习，有几个男人会喜欢你？”

“嘻嘻。”阿芳笑笑，表示认可。

肖山见她不恼，乐得有人陪她说话的意思，反正自己不能出去摆摊，权当找个人解闷。

“阿芳，你看，请我多划算，我教了你，等于教了两个人。买那些胎教磁带干什么，以后男女迟早都要独闯天下，要不我每天读几段少林武功秘诀给你听吧。”

阿芳见肖山不像开玩笑，便又两拳捶打在肖山的肩上：“妈的，你让我孩子在娘肚子里就学武功，想踹死我呀。”

“要不教你孩子当哲学家吧，每天我念几页哲学名言给他听，不收学费，只管三餐饱饭就行。”

“这是什么技术，能轻松赚钱吗？”

“不能，只是让他早知道怎样做上等人。”

“什么是上等人？没钱能做上等人吗？”阿芳疑惑地看着肖山。

“你总不至于让你的孩子也像你一样吧？”肖山突然觉得阿芳愚不可及。

“滚，我怎么了？我不偷不抢，靠力气吃饭，不是靠卖身吃饭。”阿芳怒不可遏地说。

“你真是朽木不可雕也。”肖山说完便离开了阿芳的房间，他走出门口长长地叹了一口气，心里冒出许多感慨，甜、酸、苦、辣一起涌上心头，为自己原来在事业上一呼百应到今天落魄到食不果腹的地步深深地感到悲哀。

又过了半个月，阿芳接了那男人五千元的营养费，按照肖山李代桃僵的妙招，在医院开了一张引产证明给他看了以后，便彻底分道扬镳了，开始安心窝在家里养胎。

肖山帮阿芳出了这个好点子，顺利地保住了胎儿，已让阿芳心服口服，感激万分。蜗居在家养胎时，她也说不清是有意想帮肖山渡过困境呢，还是孤独寂寞，想让肖山多陪自己说说话。总而言之，她已当众正式宣布聘请肖山做她的胎教老师，工资三百，时间、课程由他定。

大家得知阿芳已把胎教的事正式提到了工作日程，有笑她傻的，有笑她没事干拿钱寻开心的，也有的说阿芳知道教育的重要性了……说什么话的都有。阿芳有了钱，有了做母亲的希望，便有了胆气，任大家如何说，走自己的路，让别人说去。

肖山也不推辞，想想阿芳理一次发才十多元钱，心里似有点不安。

阿牛一直在旁边看热闹，一个外地人陪人说说话就能赚钱吃饭，他特羡慕肖山的好运气，心想说话谁不会呀，于是径直走到阿芳面前一本正经地说了一通他自认为很有水平的话。

大家听罢哈哈大笑，阿芳更是连眼泪都笑出来了，令阿牛遗憾的是自己的命并没有肖山的命好，不要说发工资，连饭也没人请。他愣愣地待大家笑过之后，火气突然往上冒，大吼一声道："笑，笑个屁！"他脸一沉，扬长而去。

肖山好景不长，只当了一个月胎教老师，便被阿芳炒了鱿鱼。阿芳不知是怕人多嘴杂，还是回老家了，或另有隐情，在一个漆黑的夜晚，人不知鬼不觉地突然失踪了。

第十八章　运动服

国家兴亡,匹夫有责。这么高水平的话语阿牛是说不出来的,但是这个道理他懂,并且尽自己的努力在做。

阿牛爱看新闻和抗日战争片是在眼镜老板明强那里培养起来的,在店里没事时便跟着老板看什么就看什么。他本来最喜欢看香港古惑仔的打斗片,热闹、刺激、好玩,待老板一转身他便想去换台,看到老板那双锐利的眼睛盯着他看,便想起了自己学老板样。对,要学就要学全套的,所以,他再不想去换台了。明强说看新闻联播、看抗日战争片是一个有事业心的男人、一个爱国人士必看的节目。阿牛记住了,他的爱国之心便在学老板样时,被眼镜老板明强无意中激发了。

成功申办奥运,这在中国是第一回,阿牛几天前就已夜不能寐,他在绞尽脑汁地想怎样才能展现自己的爱国之心。听说安丰县也要派人去接奥运圣火,阿牛很有自知之明,想想拿火把这么崇高、有面子的事是绝对轮不到自己的,可总得表示呀。他从电视里发现跟在拿圣火的人后面护行的队伍都穿着笔挺的运动服,便有了主意。自己也得买套运动服,不能参加运动会,起码得像个运动员,现在大街上男女老少都穿着运动服到处走来走去,我还这么年轻,不穿运动服就太不像话了。这么重要的事都不响应,怎么能说爱国呢?他打定主意,奥运会申办成功,国家这么长脸的事,一定得拿出诚意来庆贺庆贺。不管哪个老板请做事,阿牛第一个条件就是为自己买套运动服。这个要求一般的雇主是满足不了的,要满足这个愿望,不仅要是大雇主,还要思想境界高尚,有一颗火热的爱国之心。阿牛在心里把以前的雇主排了一遍,发现只有眼镜老板父子俩才是合适的。阿牛绝对没看走眼,因为他找到眼镜老板一说,不用多解释,眼镜老板立马就答应了。可阿牛总觉得他是小老板,他父亲才是大老板,因在他那里做事从来没有超过一百元一天,而且常常看电视的时间更多。为了早日实现买运动服的梦想,他不得不跟随张忠去大老板那里干。他一到建材贸易公司，就郑重其事地找到江老板，说明他要买运动服表示爱国心意的重要性。江老板还没听阿牛说完，便笑着满口答应了。阿牛深受鼓舞，情绪饱满，为了实现自己的理想，干劲冲天，干得特卖力。他见江老板难得这么开心，笑容满面地看着他干，他的胆子开始大起来了。

"老板，拿瓶矿泉水。"阿牛抹着一脸的汗珠说，口气竟有点理直气壮。

"行，拿着。"江老板急忙从冰柜里拿出一瓶润田矿泉水，像摔手榴弹似的往阿牛手上摔过去。

阿牛接过一饮而尽，瓶子一丢又忙开了。

"老板，拿瓶健力宝。"

"行。"江老板爽快地又给阿牛摔过去一瓶。

阿牛心里有说不出的畅快，接着又拼命干。

"老板，拿包烟。"

"老板，买个西瓜解渴吧。"

…………

阿牛发现江老板今天的心情特好，对他简直百依百顺，于是想趁热打铁，想到什么便开口向江老板要什么。江老板给了他什么，便在纸上写点什么。

阿牛在车上拉包，张忠则在下面打包，阿牛在车上呼啦、呼啦地吃喝，张忠便在车下等。除了买来的西瓜太大了，阿牛给了张忠一小块，从江老板那里要来的东西全都是他一个人独享。他吃得开心，加上买运动服已有了指望，干得特认真，特起劲，把两大卡车货干完早早就下了班。

"经理，下班了。"肖山见阿牛哭丧着脸便好奇地打招呼。

"唔。"阿牛心里闷闷的，啥也不想说，洗漱完毕，吃了晚饭，谁也不搭理，早早就上床躺下了。

十点多钟，大家意犹未尽，依然在店门口乘凉，天南地北地聊天。

"别吵了，吵什么？"阿牛突然烦躁地在楼上大声呵斥。

谁也没把他的话当回事，继续聊。

"找死啊，吵、吵、吵。"阿牛穿着一条短裤衩，从楼上"咚咚咚"地下来对大家大吼一声，而后搬张矮凳独自坐在店门口的另一边，这是他住店几年来从没发生过的事。

“我们的爱国人士，怎么了？”肖山诧异地问。

“我辛苦干了一天，才给十元钱，不干了，你替我干吧。不要说买运动服，买肉都没钱了。”

“不可能吧。”张忠还没睡着，听阿牛一说便出来了。

“经理，明天跟我去干，我领多少，你也领多少。”东生很仗义地说。

“不干了，口罩都没有，死得更快。”阿牛黑着脸说。

“阿牛，你去睡吧，明天还要上班呢。我会去帮你问一下江老板，看怎么回事。”张忠说。

“不去了，我爸说了划不来，别干。”

“也许老板帮你存起来了，待以后给你。”肖山自以为是地说，他凭感觉江老板是个通情达理的人。

“可能。”大家都在七嘴八舌地劝慰阿牛。

第二天上午，阿牛没去上班，待中午张忠询问江老板才知道，江老板承认昨天只给了他十元钱的工资。他干的那几十元钱都被他买这买那吃喝掉了。江老板一一记了账，在工资里扣除。江老板说阿牛不是他的家人，他不可能为阿牛花钱买那些杂七杂八的东西吃。

阿牛经张忠回来一解释，似乎想通了，下午又去上班，不过再没跟张忠搭伙干，而是一个人干一车。江老板对他依然满面笑容，和蔼可亲，可他再也没向江老板要这要那了。他黑着脸，憋着劲，埋头苦干，一包一包地抱下车，连免费的茶水也很少去喝。江老板见阿牛为了响应北京奥运会买运动服穿，如此上心，如此拼命地干，竟被他感动了。为了让他的愿望早日实现，成全他的爱国之心，还有一车水泥本来是说好让张忠去送的，便让阿牛一个人去干了。“阿牛，你干完这车货，买运动服的钱就有了。”阿牛一听，看着满满的一车水泥，热情仿佛被一盆冷水从头淋到脚，心里苦涩，露出难看的脸色。

“阿牛，再扛车水泥算什么。”张忠一脸严肃地说。

阿牛想想也对，在战争片里，战士为了打败日本鬼子，牺牲了多少人？

我不是好好的吗？不过是累一点罢了。他想到搬完这车货，明天就可以穿运动服去潇洒了，突然来了精神。“干，冲啊——”他跳上车，把踏桥板放好，没有人拉包，放肩，抱着一百斤重的水泥就像战士在战场上抱着炸药包一样，从踏桥板上冲下来。

“阿牛，你好好干啊，我现在就去帮你买运动服。”江老板跑到服装店一看，像点样子的运动服一套几百元。阿牛干完活工资总计才一百多元，一套篮球运动员穿的短衣、短裤都要一百多元，好在裤边、衣袖有两条蚯蚓似的镶边，煞是好看，是标准的运动服。江老板买下后，开了发票。

阿牛一车货刚下完，坐在地上正呼呼喘气，见江老板远远地回来了，便不顾劳累，站起来急忙冲过去迎接。他气喘吁吁地接过这套运动服，想仰天大笑，可是口干舌燥，一点也笑不出来。他如释重负，心在舒展放飞，劳累被成功的喜悦冲刷得无影无踪。他不顾一身的尘灰，抱着运动服迫不及待地跑回家。

“啦——啦——啦——”阿牛边唱边打开运动服，像举广告牌似的举在头顶上。他站在客厅的正中，因一身的水泥尘，脸上黑乎乎的，大家都不敢靠近，像观看马戏团的小丑似的看着他。阿牛没听到大家的赞赏，而且对他如此冷漠，心一下凉了半截，大声吼道：“我有运动服了。”

“连裤腿、袖子都没有的衣服有什么好得意的，有运动服就可翘尾巴了？”肖山不屑地说。

阿牛愣住了，哑口无言，又不愿服肖山，脸一沉说：“你不懂。”他上楼拿了桶赶紧下来洗澡，换了新买来的运动服，突然觉得神清气爽。他在大家面前晃了一圈，虽然没有听到赞美声，却让他捕捉到了羡慕的目光，心里的那份喜悦又在荡漾。“哈、哈、哈。”他大笑三声，便到大街上潇洒去了，直逛到满天星斗才回来。

第十九章　请帖与面子

矮古自从住进了大家庭式的腾飞旅店以后，思想境界和觉悟比以前更高了，这是大家公认的事实。虽然说不上他有什么雄心壮志，可面子问题却引起了他高度的重视，从他与人说话的技巧就可以略知一二。比如说，他多年来明明干的是上不得台面的小偷的活，以至“三进宫”，可在众人面前他却说，他干的是帮人破财消灾的营生。不知情的人一听，对他自然肃然起敬。人要面，树要皮，谁不往自己脸上贴金？他身上只要有两百元钱，也会偶尔学排骨王摆阔，叫饭店炒两个好菜送店里来与大家共享。他一边饮酒，一边春风满面地吆喝，极热情地对大伙说：“嘻嘻，吃吧。”大伙虽不像吃排骨王的菜那般欢天喜地，热情高涨，却让矮古觉得挣足了面子。

当然，为了面子被宰的事也有过。

一次，矮古尾随东生去赌场潇洒，一不小心碰上了黑吃黑，一个小混混竟然敲他的竹杠，要他给五十元钱买烟抽。矮古一听大怒，他大喊东生出来，东生见状，当即挺身而出，他的赌友也出来助威，看热闹。东生刚要冲上去踹他两脚，小混混见势不妙，立马逃之夭夭。矮古突然觉得脸上有光，心里有说不出的畅快。他被大家簇拥着又回到了赌场。东生提议说：“矮古，大家帮了你的忙，你得请我们撮一顿，要不然再碰上这种事，再不帮你了。”矮古想，吃顿饭算什么，江湖人不是常说“金钱如粪土，情义值千金”吗？与他们交了朋友，以后谁还敢在自己头上拉屎，于是毫不犹豫地从口袋里抽出三百元递给东生。矮古跟随去风味楼酒足饭饱以后，走路一摇一晃，也许是酒醉壮人胆，酒后吐真言吧，一回到住处，便大声嚷嚷着说：“妈的，我当了蠢崽，比阿牛还傻，我出钱，他请客，下次打死我也不告诉他了，东生这个人没什么好屎屙，吃定我了。”一连几天，他心里都像窝着一只刺猬一般难受，可一想起东生为人处事的种种手段，见了东生连屁也不敢放。

这天阿牛陪父亲回桂花村申请办五保户的事，路上偶遇王老板，只见王老板眼睛一眨，随即从提包里抽出一张请帖写好递给阿牛，嘱他转交给矮古，叫矮古别忘了这个月的初九回桂花村商量修观音庙的事。

待阿牛回到县城与父亲在饭店吃完晚餐回来，矮古今天因在赌场输了两千元，老板一高兴，便赏了两杯珍藏多年的好酒给他喝。他一回来便海吹了一通，见大家嗤之以鼻，便很知趣地躺下了。

矮古一听阿牛说，王老板叫他转交请帖，惊喜得睡意全无，酒也醒了，一骨碌从床上爬起来，突然兴奋得手舞足蹈，好像金榜高中，激动得无法言说。他上衣也没穿，只穿了一条短裤衩，便急不可待地跑出客厅。

“请帖，哈哈，我也有人送请帖了。”他喜笑颜开地拿着请帖在肖山、张忠、阿牛、东生及客厅里所有人的面前晃来晃去，以示他得到了村里人的尊重，他也是个有面子的人。

“阿牛，到时提醒我啊。”矮古突然觉得腰杆挺直，喜悦挂满脸上。

“你自己记。到时准备钱去喝酒，忘了，别怪我啊。”

“老板娘，求你了，帮我放好吧，到初九提醒我就是了。我实在是怕忘了。”

矮古虽然可恶，不务正业，却也秉承了“兔子不吃窝边草”的古训，在店里还算循规蹈矩，他对一张请帖如此欣喜若狂，如此郑重其事，很多人都用诧异的眼光盯着他。

肖山见矮古把请帖晃来晃去，像耍猴的小丑似的，心想请帖只是人与人之间礼节上的你来我往的人情世故而已，平常人并不觉得是一件值得庆贺的事。俗话说：“人情大于债，头顶锅儿卖。”有些人甚至想方设法罢帖，你矮古收了一张请帖如获至宝，激动得两眼放光，趾高气扬，脚下飘起来了，真是可怜，可恨，又可鄙。

“贴在客厅里吧，让大家看了，到时好提醒你。”肖山故作严肃地说。

他沉吟了一会儿，想想不妥。“肖大哥，还是放你屋里吧。万一被人拿去了，到时去喝酒，我拿不出请帖给他们看，他们不让我进可不好办。”他说话的口气特庄重，好像事情非同小可。我见矮古眉眼深锁，露出一脸少有的严肃，便知此事对他来说是多么重大。他在桂花村早已臭名昭著。改革开放几十年，他行走江湖几十年，可谁也没正眼瞧他。村里人办喜事、丧事，从来没有他的份，更没有人像模像样地给他发请帖。这次收到请帖，对他的心灵来说不亚于十二级地震这般震撼，一下把他那沉睡了几十年的梦惊醒了，把他常说的脏话也赶跑了。原来他在众人面前玩世不恭、装疯卖傻的样也没了，取而代之的是抬头挺胸，春风满面，和蔼可亲，彬彬有礼，从这个人的面前走到那个人的面前，仿佛有天大的喜事要与大家共享。

“兄弟，嘻嘻。”他激动得不知如何说好。

“干吗?”张忠奇怪地看着他。

“兄弟，嘻嘻。”矮古见大家都用莫名其妙的眼光看着他，赶忙解释说，“兄弟，我太高兴了，我也可以像村里人一样一起去喝酒了。”

“恭喜你啊，兄弟，你可要争气，干出一番事业让他们刮目相看。”肖山笑着说。

“是，老天爷保佑我干两笔大生意就金盆洗手，到时我也尝尝做老板的滋味。”

“到时任你怎么求神拜佛，恐怕神仙也救不了你。”

“有钱好办事，神仙说不定早被我们的同行收买了，要不怎么会有这么多人被盗而破不了案。嘻嘻，开玩笑，开玩笑。”

大家听了不禁哑然失笑。

矮古见肖山和颜悦色地看着他，便把请帖放他手上说：“肖大哥，求你了，帮我保管吧，拜托，拜托。”

肖山突然觉得要真正了解一个人的品质好坏并不容易，原来以为矮古已破罐子破摔，烂命一条，什么也不管不顾了，想不到他也有常人的自尊心，也希望出人头地，得到社会的认可。

肖山进房间，把请帖放在桌子上显眼的地方。

“放这不好，会丢失。”矮古要亲眼见肖山把请帖放在他自认为安全的地方才放心。

“矮古，你是不是巴不得我忘了，你好省下一笔钱。”肖山想起他以往的奸猾一本正经地说。

“到时我肯定要去，有钱就多给，没钱就少给。”矮古急忙辩解。

“你快去睡觉吧，穿条短裤衩在客厅里晃来晃去，也太不文明了。”

“怕啥，最多说我癫狂，嘻嘻，这样又不犯法，民警都拿我没辙。嗨，走四方，路迢迢……”矮古边唱边得意地进了自己的房间。

“神经病。”肖山见矮古远去的背影笑骂道。

矮古因赌场能混饭吃，至少有半年的时间没干那偷鸡摸狗的勾当了，为了这张好不容易得来的请帖，他暗下决心，至少要捐一千元搞个理事来当。为了在众人面前有面子，树立好自己的光辉形象，他几乎辗转难眠，钱从哪里来？想来想去，直想到黎明破晓才拿定主意，决定重操旧业。

一早起来，矮古喝了一小瓶劲酒，学着《红灯记》里的李玉和唱道：“临行喝妈一碗酒，浑身是胆雄赳赳……”

以前从没听他唱过歌，真是人逢喜事精神爽，想不到连五音不全的他，竟能引吭高歌，唱得有模有样。

这天，他去乡下小圩赶集，一到集上便被几个老人盯住了。他只偷了十元钱，便被他们追得鸡飞狗跳，直到他把那十元钱丢出来才罢休。结果，连回家的路费也没有，四十多里路，他直走到天断黑才回来。想想请帖上的日子还有几天，也不急，他在朋友那里借了三十元钱，因太晚了错过了赌场开饭的时间，只得自己花钱吃了盒饭，第二天邀同伙去另一个圩镇赶集，结果散圩了还是一无所获。怎么办？两人在墙脚下唉声叹气，苦思冥想了半天，还是他那同伙脑袋灵光，手一挥，胸有成竹地说：“别慌，看我的。”说完他便往生意最旺的发廊店走去。他的朋友前脚刚走，他后脚便屁颠屁颠地跟着去。只见他的同伙抱头鼠窜，像泥鳅一般溜得无影无踪，他还不知怎么回事，脑后便被人狠敲了一棒，当场倒地，头破血流。乡镇派出所接到报警，立马出警来到现场，把矮古送到医疗所包扎好伤口以后，这才把他带进派出所审问。

大家正在看电视，这时矮古头上缠满纱布，露出斑斑血迹，被他的同伙送进房间。这是大家早就意料中的事，所以都当没看见，没一个人过问，都一致认为干这种空手套白狼的勾当，没被打死，算是上天保佑了。

阿牛是个爱凑热闹的人，矮古的负伤令他疑惑，令他百思不得其解，矮古连那个高大威猛的南昌瓦罐汤老板都敢揍，怎么会落得如此狼狈的下场？

“矮古，你的伤怎么搞的？”阿牛好奇地问。

“就是这个王八蛋害的，妈的，好在我练了铁头功，要不这次死定了。”矮古说完狠狠地踹了他的同伙一腿，而后拨起裤腿给大家看，只见右腿被打得皮开肉绽。他那同伙啥也不说，只是嬉皮笑脸地看着他，而后拿了跌打万花油，给他轻轻地上药。

“唉哟，轻点，妈的，那协警把我带进派出所，往凳子上一铐，拳打脚踢，说你敲诈谁的钱我不管，敲诈到我表姐的头上，老子脱了这套警服也不放过你。他打得我做鬼叫，妈的，怪就怪你这王八蛋没有眼光，找错了店。你也太差劲了。”矮古说完又狠狠地踹了他的同伙一脚。

“再踢，老子揍你了啊，没送你进拘留所，算你幸运了。”他的同伙摸摸被他踹的腿，翻着白眼说。

“嘻嘻，他们不敢，把我打得遍体鳞伤，反正我烂命一条，怕我告他们打人犯法。”

阿牛听矮古说，这次拼了老命也要在修庙会上，在父老乡亲的面前挣足面子，心想，矮古的大脑肯定进水了。

第三天，大伙进进出出，人家问时矮古便谎说坐摩托车时摔了一跤。他去医院换了药，休整两天，可心里一直牵挂着那修庙的事，想到那张大红请帖，便想到红包礼金，想到时间迫在眉睫。一张请帖，让他一时高兴，一时忧，一连几天寝食难安。

这天，还朝霞满天，矮古便到了离县城三十多里地的圩镇，他与同伙相隔不远，东游西逛，两只饿狼般的眼睛到处寻找目标，很快便锁定了一个老板模样的人。他紧紧跟随，在同伙的掩护下，一沓钞票轻而易举地进了他的腰包。他欣喜若狂，心想自己捐两千元，就可以和王老板这些理事平起平坐，可以挂着理事牌，对村里那些人指手画脚，到时什么面子都有了。他在街上正得意地想入非非，突然被民警很客气地请进派出所去调查询问。矮古很自信地认为这次干得很漂亮，神不知鬼不觉，天衣无缝，进去以后，死不承认。民警一人唱红脸，一人唱白脸，左一巴掌，右一巴掌，矮古脸不改色，心不跳地说：“你们不要打脸，要打拿电棒来往这腿上打，反正知道什么滋味。”民警见他一副死猪不怕开水烫的架势，这才放出监控给他看。矮古一看惊呆了，自知无法抵赖，因还没来得及坐地分赃，自然收缴一空，待从派出所出来，已身无分文，好在半道上拦了一辆货车，否则又得走到断黑。

晚上矮古躺在床上，听着沙沙响的雨声，唉声叹气，辗转难眠。连街上都装监控器，以后的日子还怎么混，还让不让我们活？他心里翻江倒海，很不是滋味。

早上起来，矮古抬头看看烟雨蒙蒙，自言自语地说："咳，下雨天回村真不方便。"

"不想去了，请帖给你了，别耍赖啊。"阿牛说。

"要去，借钱也得走这一趟，多少得捐一点，难得他们还记得我。不给不行，要不我去跟主事说说，下次有钱补上。"他想想又不对，修庙的钱都赊欠，待村里的人知道了还不笑掉大牙。自己在赌场输了那么多钱，暂时到老板那里借两百元，以后给他打工扣钱，想必没问题。

太阳落山了，晚霞收尽最后一线残阳。大家都陆陆续续地回来了，看电视的、聊天的、吃饭的、骂娘的、乘凉的，很是热闹。

矮古一进门，满面红光，喜气洋洋，往客厅里的大镜子前一站，禁不住自我欣赏道："哇，我长得还是蛮帅的嘛，头发往这边一倒特酷。"

"张忠兄弟，过来。"

张忠正在门口打着赤膊乘凉，听矮古郑重其事地叫他，以为有什么正经话说，三步并作两步赶紧走到矮古的面前。

"兄弟，你要凭良心说，一是一、二是二，做人要正直，不能说假话。我长得到底帅不帅，到底像谁？"

矮古的话令在座的人特别感兴趣。他们盯着镜子里的矮古细细打量，等待张忠的评判。张忠强忍着笑，不慌不忙，一本正经地朝矮古左看右看。在他眼中矮古仿佛不是人，是国宝，他故作姿态，装模作样，让矮古认为他在很认真地对待自己提出的问题。矮古则在不停地摆换姿势，梳理头发。

"你像萨达姆。"张忠不苟言笑，样子极认真。

大家都忍住笑。"嘻嘻，萨达姆是什么？"矮古断定这一定是一句很好听的奉承话，可又不知是什么。

"萨达姆就是让美国佬很头痛的人。"张忠看着他的猥琐、无知，忍不住大笑。

矮古察觉了拿他取乐，便打自己的嘴巴，自嘲地说："我是癫崽，是笨蛋。"可一眨眼便把这点不快丢脑后了，他滔滔不绝地说："兄弟，我今天太高兴了，捐了两百元，本想搞个理事来当，主事说，给你一块红布带回去吧。嘻嘻，也好，赚钱潇洒过日子才是大事，那块理事牌算什么，挂一上午就丢了。下午我在赌博机里只放了二十元，一按机子，明明是二，一眨眼就变了八，结果赢了五百元，还了老板两百元，还剩三百。哈哈，我的运气来了。"说完他把红布举在头顶上，突然，他觉得这不是红布，是他的面子，是他未来的运气。他想把红布贴在大门口，又想挂在客厅的正中央，可心里总在纠结，拿不定主意。想起这里住的人就数肖山鬼点子最多，于是他把红布紧紧地揣在手中，便忙着去找肖山，因怕被人偷了去，终究没有挂出来。他很慎重地把请帖和红布压在了他的枕头底下，只要谁一说起请帖，说起面子问题，他便会很自豪地从枕头底下拿出请帖和红布跟大家比试，走到哪便把它们当护身符一般带到哪。

阿牛每看一次，便会后悔，早知这张请帖会让矮古如此得意，如此有面子，当初真该藏起来，留着自己用。

第二十章　阿牛的幸福生活

这些天，矮古的运气特好，不仅往赌博机里一按就赢了五百元，而且居然被赌场老板看中，聘他为员工维持秩序，工作既轻松又好玩，还有免费的大鱼大肉吃，过得十分快活。阿牛既羡慕，又蠢蠢欲动，因从没去过赌场，且惧怕老板手下黑帮似的那些员工，所以，底气不足，望而生畏，虽然有老乡矮古在那上班，终究没这个胆量去混饭吃。

店里住下一个行走江湖的做古币生意的老顾客，脸瘦削，个子中等，皮肤黝黑，因下巴留了一撮短短的胡子，阿牛给他取了个外号“胡子”，他也不恼，大家便这样叫开了。他偶尔也会去赌，用他的话说去试试运气。

这天上午，赌场一开门，胡子就拿了一百元去小试牛刀，往老虎机里按两下，结果赢了八百元。他不贪，见好就收，上街买了一斤多猪耳朵肉、两瓶啤酒便回到店里看电视，聊天，等吃中午饭。

阿牛早上起来没钱吃早餐，在矮古那里要了两元钱买了两个包子充饥，上午没事做，中午没着落。张忠约他下午去搬稻谷，他欣喜之余，为自己饥肠咕噜犯愁了，突然见胡子很热情地拉东生坐下，一边享受美酒佳肴，一边笑谈自己上午的好运气。

阿牛见胡子心情好，不请自到，拿了酒杯放在桌子上说：“没饭吃，喝杯啤酒，下午扛稻谷一样有劲。”

胡子没听懂，不说话，东生笑笑说：“阿牛，这酒不是我买的，我没权力给你喝。”

胡子看看面前的杯子，又听东生说本地话，便说：“你们要讲普通话，本地话我听不懂。”

东生见阿牛痴痴地盯着啤酒看，便笑着说阿牛已身无分文，没钱吃中饭的事。

胡子听罢恍然大悟，立马从口袋里搜出三元硬币递给阿牛。阿牛欣喜若狂,接过钱问要不要还他。

胡子上午赌博赢钱的好心情依然在胸中荡漾,见阿牛疲惫的脸上堆满讨好的笑,觉得他很可怜,手一挥说送给你了。

阿牛很开心,一下冲到街上去吃了一碗米粉。

不到半个小时便回来了,他告诉张忠说:“张大哥,下午跟你们去扛稻谷没问题了。”

下午阿牛果然跟随张忠他们几个民工去扛稻谷,赚了三十多元。他一回来便告诉大家,看见什么都很顺眼,唠叨来,唠叨去,一脸的灿烂,见没人搭理他,这才安静地坐在边上看人家打牌,眼睛一直露出笑意。张忠突然冒出一句:“你们看阿牛对生活多宽容,只要能解决温饱便会觉得幸福、开心,无忧无虑。”

晚上,阿牛买了腐竹炒肉饱餐了一顿,剩下还有,见胡子正在用餐便端过去给他吃,胡子手一挥,示意不要,他端进菜厨放好,而且毫不客气地把酒杯往胡子面前一放,啥也不说。

胡子笑着骂了一句“狗日的”,给阿牛斟了满满一杯。阿牛端起杯子一口喝了半杯,说:“借一元钱给我吧,我也去试一下运气。”

“你下午赚的钱呢?”胡子惊讶地说。

“用完了,全买了米和菜。”阿牛用劲拍了拍口袋,而后手一摊说。

“一元钱好干吗?”胡子说。

“一元五。”阿牛加了一码。

“不行。”

“要不借两元,你陪我去赌。”

胡子特感兴趣地答应了。

阿牛一脸欢笑,仿佛钞票正向他招手,发财的好运气就在眼前。

吃完饭,两人便兴致勃勃地朝赌场走去。不到两个小时,胡子便气冲冲地回来了,一进门铁青着脸大怒道:“阿牛呢?这狗日的,借两元钱给他,害得我丢了一千多,狗日的。”他气得暴跳如雷,坐卧不安,跟白天在客厅的大度相比,简直判若两人。

“你赚一点就走嘛,贪心肯定会输回去。”东生很内行地说。

“我正赌得专心，这狗日的，一下找我要钱，一下要烟，一下要火，要不就站在边上叽里呱啦，多嘴多舌，你们说这样会赢吗？财运都被他撞走了。这狗日的，再不理他了。”

大家都陆陆续续地睡下了，深夜了还不见阿牛的踪影。也许阿牛已意识到自己对胡子犯下了滔天大罪，再不敢面对胡子的缘故吧。第二天我才知道，阿牛早已趁人不备悄悄地溜进房间躺下了，而且一早又悄悄地起床离开去做事。阿牛尽管头脑简单，不知深浅地断了胡子的财运，造成胡子经济损失惨重，可他也在深深地自责。特别是胡子输红了眼对他凶相毕露时，使他见了胡子就胆战心惊。他不仅怕胡子向他要回吃米粉的三元钱，更怕胡子要他赔偿赌博输掉的一千多元。白天谁也看不见他，待夜深人静时他才回来住。

其实阿牛只是太过于胆小怕事，杞人忧天，过了一晚，那胡子的气就全消了，再不说昨晚与阿牛去赌博的事，更不会骂他“狗日的”。直到第三天，阿牛见到胡子才露出很不自然的笑，并自顾自说了这两天的遭遇：“我这两天替他们搬戏台去乡镇唱戏，搬上搬下。”

“赚钱了吗？”胡子关切地问。

“没给，昨天叫那人给，他说待今天搬完一起给。今天帮他搬好了，人都不见了。”

“傻瓜蛋。”

“缺德。”

“跟我去干，不少你一分。”

“白干活，不会要钱，癫崽。”

“我找根棍子来，打死那人。”阿牛被大家你一言、我一语地一激，火气直往上冒，把上衣脱下往沙发凳上一甩，在床底下找了根扁担，赤膊上阵，在街上晃来晃去要大戏的一般，吓得路过的人见了他就绕道走。

他从街上回来，心情似乎好多了，说了一句“明天我去找人”，随手从沙发凳上拿起衣服穿好，便又聚在一起对大家发表他的高论。

大家听了只是笑一笑，谁也没去搭理他。

第二天，阿牛就去地下赌场找父亲，想叫他一起去要回搬戏台的两天工资。因快吃中饭了,父亲便在赌场打了两个盒饭给他吃,说现在一下也难找,待以后碰上了再向他们要,没钱吃饭,暂且到这里吃,不用花钱。

"真的?"阿牛一听,心中一阵狂喜,觉得自己也像矮古一样好运就要来了,幸福的日子正在向他招手。他真正过上了梦寐以求的衣来伸手、饭来张口的不劳而获的幸福生活。只是他偶尔见父亲许久没来赌,心里便有些恐慌,他再不劝父亲别赌,倒时时盼着父亲常来赌。

自从父亲在赌场帮阿牛找到了解决温饱的场所,日子过得既潇洒又轻松,他每天吃穿不愁,鱼肉不断,开饭时便早早等在那端饭吃。据说等吃免费餐的男女老少六十多人,所以阿牛的举动在大家的眼里不足为奇,毕竟他父亲在那输了不少钱。

阿牛这种幸福的日子过了不到半个月,因饮食有规律,伙食又好,原来又黑又瘦的长方脸,已变成现在白白胖胖的田字脸。

阿牛再也不愿去做事了,店里住的男男女女一天到晚都忙着赚钱,找事干,唯有他每天嘻嘻哈哈,游手好闲,上蹿下跳,谁再叫他做事,要不就说"不关你的事,很累不想干",要不就说"走啰,端饭吃了,今天有啤酒鸭吃,好味道的嘞"。

大家看着阿牛远去的背影摇摇头,叹息着议论开了。

有的说,阿牛被他父亲害了,自己赌,儿子去吃,虽然叫儿子把输的钱吃回来,可儿子不干活,成了头脑简单、四肢发达的废人,以后的日子还长,万一赌场关闭了,到哪里吃去。

有的说,阿牛是在享父亲的福,他父亲特刁钻,自己玩得开心,儿子吃得放心。如果把钱全给了儿子,阿牛不会计划,寅吃卯粮,到时还得找他要,他赌博是在为儿子投资谋幸福,让儿子踏踏实实地过上幸福生活。

胡子走了个把月又回来了,说还是这里的环境好,自由开放。

胡子一见阿牛大吃一惊,才离开个把月,阿牛就像换了一个人似的,白白胖胖,穿戴整洁,除了眼神中带着迷茫,可谓一表人才,自认识阿牛这么多年,就数他这段时间最开心、最幸福,无牵无挂。

"阿牛,你在哪里干活了?"胡子好奇地问。

"不干了,退休了,让他们去干。"阿牛很干脆地说。

“不干活，年纪轻轻的谁养你？”胡子疑惑地问。

“我这段时间在赌场吃免费餐。”

“阿牛，跟我去扛饲料吧，两个小时四十元。”张忠邀他说。

“不干，太累了，哎呀，快十一点钟了，走啰，到赌场等饭吃啰。”

“我叫那店老板别给你饭吃，看你干不干活。”矮古逗他说。

“你敢说，老子扁死你。”阿牛大怒，眼里竟然冒出寒光。

“我就敢说，那老板是我朋友，我打个招呼就是了。”东生也帮腔。

“啊。”阿牛一声虎啸，两手在空中飞舞，做出拼命三郎的架势，令在座的人都为之震惊。

“神经病。”东生毫不惧怕，丢下一句话便出去了，再不搭理他。

“东生，你要找死吗？”阿牛气得咬牙切齿地追出店门，为了能长期到赌场吃饭，他豁出去了。

“阿牛，别慌，我去赌，你去吃饭。”胡子生怕他们会打起来，急忙说。

“你去哪家店赌？”阿牛蓦然回首，刚才的愤怒烟消云散。

阿牛两天没回来住，大家都觉得稀奇，在猜测阿牛的去向。有人说他去打工了，有人说他被骗去矿山做苦力了，有人说他走桃花运了，带了一个疯婆藏起来快活去了……说什么的都有，可没有一个人说对。

上午十点多钟，阿牛一进门便在镜子前照来照去，待他整好仪容以后，这才脸朝大家，只见他眼圈发黑，脸肿得变形。

“谁这么毒，是不是在赌场抢饭吃被打的？”肖山诧异地问。

“不是，跌了一跤。”

“阿牛，我们住一起就是朋友了，说实话，谁打了你，我叫东生去踢死他。”

阿牛迷惑地看着肖山。

“说吧，东生很厉害的，两脚就踢死他。”肖山继续开导说。

“阿牛，你的脸肿得变形，我看不是拳头打的，这个人心好毒，把你往死里打，说是谁，我帮你。”东生很仗义地说。

“打我的人把我踢倒在地就跑掉了，待见了人就认识。这两天我父亲带我在医院住院，打了两瓶吊针消炎，现在好多了，去派出所报案太远了，没去报，算了。”

“蠢货，你不报案，把他们抓起来，谁替你出药费？”东生愤怒地说。

“你肯定是吃饱了没事干，无事生非。”

“年轻力壮，好吃懒做，该打。”

…………

大家你一言我一语，阿牛听了心里很不是滋味，说了一句“睡觉啰”便灰溜溜地进了房间。

大家在分析，阿牛很能吃，又不赌博，可能是老板叫烂仔赶走他。

“不会，赌场每天赚十多万元，不会在乎这几百元饭钱。再说那些混饭吃的，大都是烂命一条，得罪了他们，他们会搅得你不得安宁。”东生很有经验地说。

矮古从赌场回来，大家问他阿牛的伤，他三缄其口，只说问阿牛自己吧。

晚上，阿牛在看电视，为了搞清楚阿牛被打的真正原因，肖山煞费苦心，和颜悦色地套阿牛的话。

“阿牛，你年纪不小了，也该讨老婆了，我打电话叫阿芳带个靓妹过来给你做老婆。”

“真的？”阿牛两眼放光，竟然露出谄媚的笑。

“阿牛，说实话，你是不是动了别人的女人被打的，小姐摸一下没事，规矩的女人可不能乱摸。”

“是，上次我摸了一个女人，被他的男朋友知道了，两个男的打我一个，一脚就把我的脸踢肿了。”

“你没还手？”

“他们跑掉了。”

“哇，阿牛，你太骚了。什么人的女人都敢动，该打。”东生说。

“别吵死，怕他们干啥，我老乡天不怕、地不怕，知道了，打死他们！”阿牛说完头一扬，一副目空一切的神态。

“你现在怎么不叫你的老乡来？”

“来回要买车票，又要吃、住，麻烦。”阿牛无奈地说。

阿牛因在赌场摸了一个有男朋友的女子，怕被众人耻笑，怕再次遭到两个年轻人的殴打，不敢再去赌场吃饭，幸福生活结束了。大家不但不同情他，甚至幸灾乐祸。

阿牛手里捏着父亲给的一百元钱，又恢复了从前打工赚钱养活自己的生活。每天见矮古得意扬扬地去赌场潇洒，他心里就有气，有种说不出的恨意，恨自己，恨父亲，恨那女子，恨揍得他鼻青脸肿的年轻人，他一时也说不清楚。直到被大家耻笑，有些女子回避他，再不请他做事，不跟他亲近，他才找到了所恨的目标。他一天天地盼着政府抓赌，盼着赌场早日倒闭，把那些年轻人抓起来，他就可以扬眉吐气了。

第二十一章　责任与担当

“老板娘。”一个中等个子,赤红脸,拄着双拐,名叫阿斌的残疾人已是第四次来店里投宿,见了我竟似见了久别重逢的老朋友一般,喜出望外。

“是民警把我送到这里来的,这个帮我放好。”说完他把背包递给我。

“我没钱吃住了,我得去找民警帮忙。”他说话特神气,面带笑容,根本看不出是个衣食无着落的人,看他的精神状态,好像他要去银行取钱,而不是去求助。

“你有把握吗?”我疑惑地问。

“到处不是写着有困难找民警的标语吗?不找他们找谁?”他说话的口气极像天真的小顽童。

看着他拄着双拐,拖着齐膝盖以下空荡荡的右腿,走出店门,融进熙熙攘攘的正在享受夜生活的人流中,我心里油然产生一阵酸楚。

一个小时左右,他红光满面地回来了,民警果然一起凑了四十元钱给他。他吃了一碗面条,付了住宿费以后,还剩二十元。

第三天,见我在麻将桌上很认真地不知写什么,说了一句“穷作家,富画家”,不等我回答,他背着背包就出去了。

大约十点钟,一进门,他神采飞扬地说:“老板娘,换钱。”说完他把包一抖,钱哗啦啦放了半个桌子,硬币滚了一地。

“换一百或五十元一张的。”他边说边点数。

“发财了,你别欺骗人们的善良啊。”我笑着说,并帮他捡起掉在地下的钱。

“我跟那些乞丐不同,他们开口就说可怜可怜我吧,太老套了,我做不来。我要么直接去找政府求助,要么找民警解决,大部分钱还是在地上写字挣的。”他毫无愧色地说。

“你都写了些啥,值一百多元?”我好奇地问。

"好话呀，那些吉利的话，谁不爱听、爱看？你在地上写一句，他们在边上念一句。比如：祝父老乡亲们，身体健康，万寿无疆；恩惠永长，世世代代享不尽；青年发大财，四面八方展宏图；小孩茁壮成长，成为国家栋梁；农民种摇钱树，富贵万年长；等等。反正想到什么祝福的话就写什么，他们看得心里舒服，自然就给钱了。"

"那也写不到一上午呀！"我半信半疑地说。

"一句话写三次，而且用三种不同的字体写，人家看得有趣味，很享受，就愿掏钱。那些老弱病残的钱，我还不要呢，不信你问张忠，他也看见了。"张忠点点头算是给他证明。

"想不到你要钱还有原则，那你要谁的？"我很感兴趣地问。

"穿戴很高档的有钱人的。"

十二点钟，大家已陆陆续续睡下了，周围寂静无声。我坐在客厅一点睡意也没有，这个与众不同的残疾人的生活方式和他的气质、个性深深地吸引了我。他每次来都极爽快，说说笑笑，任你说什么话题都难不倒他，从他的言谈举止你根本不会认为他是乞丐。我心里油然产生探究他的想法，静静地思索了几个问题，写在纸上，留待他有时间的时候，再一个个地询问。

七月的盛夏，蔚蓝的天空没有一丝云彩。中午的太阳似火一般酷热，他打着赤膊，穿一条短裤，坐在沙发上看电视。他无所顾忌地把残疾的右肢露在外面，没有一点自卑感，我们的谈话便这样开始了。

"你这么精明，完全可以选择另一种职业，不应这样颠沛流离。"我怕会伤他的自尊心，而不敢说出"乞讨"二字。

"我这条腿是在一次车祸后被截肢的。我无事就在家里练字。随着两个女儿读书的费用越来越高，我再不能安心在家里练字了，常常拄着双拐帮家里搞种养。后来大女儿考上了大学，为了筹集学费，我夫妻俩跑到省城去找朋友帮忙，结果只筹到两千多元。"

"你妻子对你好吗？"我突然产生了想以他为原型写篇小说的念头，按照事先想好的话题逐个提问。

"好哇，她是山东人，个子很高大，男人一样。有时带她出门，一下车，她不怕人家笑话，蹲下来就大声喊：'拐子，来，我背你。'我说：'你背我，怪不得不会生儿子。'我怎么说她都不生气,乐哈哈地背着我,拐杖放在后面,一路小跑。"他开心地笑着说。

"你怎么放得下架子干这行?"我奇怪地问。

"我是一步步地陷进这个行业的。村里有两个残疾人,见我整天为女儿的学费愁眉苦脸,于是想方设法拖我下水。我想家里经济确实困难,经不住他们俩的游说,便跟他们出来了。第一站到赣州地区民政部门,我低下头,胆怯地站在门口,一直不敢进去,猛地被两个老乡一推,只得硬着头皮跟办事员说出自己的难处。办事员很爽快地当场从抽屉里拿出一百元钱递给我,并叫我签了字。

"我捏着百元大钞,感激万分,想不到会这么容易。想起两个老乡在门口等自己,我很直率地对办事员说,还有两个老乡在门口也等着救助。

"'是吗? 那你没有这么多,分开用吧,一个人五十元。'办事员说完又从抽屉里抽出五十元递给我。

"两个老乡很得意,觉得是他们为我找到了一个发家致富的窍门,对我呼来唤去。我一气之下,离开了他们,而且有了自己乞讨的原则。每到一处,我就在广场或人多处以写字为生,决不向老百姓乞讨……"说到这他好像想起了什么,一个人哈哈大笑。

"笑啥? 这么开心?"我疑惑地问。

"去年,在你这里与张忠聊天时说起小时候常把保卫祖国、保卫天安门、保卫五星红旗挂在嘴边,便相约等赚了钱去北京看看天安门,看看升国旗。我这人心急,一离开你这,心想张忠赚钱如此不易,何日才能成行,说去就去,我一上火车便立马补了直达北京的火车票。

"在天安门广场因没地方写字,我便在广场玩了一天,为了省钱,加上自己残疾,来回一次太麻烦,于是就去革命烈士纪念塔上坡处找了靠边的位置躺下睡觉。结果,晚上八点多钟,民警清广场,全部疏散,劝大家离开。我拄着两条拐杖执意要等明天早上看了升国旗才走,我说我是个残疾人,你们叫我到哪里住,来来去去多难啊,哪里还能看见? 他们商量了一下,后来把我一个人拉进了派出所,跟他们一起住,第二天一早就叫醒我,把我送到天安门。那情景太震撼人心了,我向国旗敬礼,激动得都哭了。"他神情肃穆地说。

“是吗?”

“真的,我站在那,当看见解放军雄赳赳、气昂昂地升国旗时,眼泪禁不住簌簌而下,作为一个中国人特自豪,特骄傲。民警被我这种爱国精神感动了,升旗仪式过后,带我去找政府有关部门,要了六百元钱给我做路费,并送我到火车站。他们每到一处都介绍我,说我千里迢迢拄着两条拐杖来天安门看升国旗,个个都很钦佩地看着我。

“回到家,我把这件事跟大家一说,有几个残疾人相约立马去了北京天安门,被民警一赶,他们也说要看升国旗,结果被驱散得七零八落。实际上他们说话心虚,结结巴巴,民警自然分辨得出真假,后来他们在北京乞讨了几天,才凑足路费回家。他们都说上了我的当,真有趣。”

“你真了不起。”我被他的精神感动了,发出由衷的赞叹。

“做什么事不动脑子可不行,对人不真诚也不行。老板娘,你不要写我啊,到时让我的家乡人知道了会骂我,我就不承认,我就告你。”他突然警觉地看着我,一本正经地说。

“没这么严重吧?”我听罢哈哈大笑。

他沉默地坐在那再没往下说。

“你说吧,我对你发誓,我即使写也是对事不对人,绝对不想打扰你平静的生活。因为我觉得你有一种人格上的魅力,一种责任与担当。”

“出门就要胆大,不偷不抢,什么都不用怕,千万要有分寸,见好就收,要有理有节。”说到这他一脸刚毅。

“你走过桃花运吗?”为了活跃一下聊天的气氛,我笑着问。

“有一个女子,得了小儿麻痹症,拄着一条拐杖出外乞讨,我帮她付过几次住宿费,她喜欢我,可我对她一直不敢有非分之想。”

“我不信,哪有猫儿不吃腥的?”我见他满脸都是笑,逗他。

“真的,不信,下次我可以约她到这里来,你可以问她,我动过她一个指头吗?”他急忙辩解。

“你最爱谁?”我拿出事先拟好的提纲问。

“共产党。”他不假思索地说。

“你最痛苦的是什么?”

“生病,也是最怕的事。”

我正要问下一个问题,他顺手把纸从我手中抓过去边看边说:“还是我自己看更快。我最恨自己没本事赚钱,又眼红人家,这是小人之弊。”

他不抬头看我,默念一句问答题,而后大声说。

“最不喜欢接触的是记者、作家,因怕他们捕风捉影。”说到这他停下来了。

“接下去回答。”我催促说。

“我觉得自己低人一等。”他略有所思地说。

“我看你说话没一点自卑。”我诧异地看着他。

“你不得不承认,事实上社会的眼光就是这样看我们的,任何时候乞丐都是低人一等。”

“不可能吧?”

“现在的人很现实,很势利,甚至笑贫不笑娼,有钱就有面子。老板娘,我们都是老百姓,写这些干吗?还不如好好赚钱过自己的日子,你这样写下去,一辈子富不了。作家名气大,著书立说,令人敬佩,可就是没钱,我在北京接触了很多人,他们都这么说。”他很真诚地劝我。

“对,我得考虑考虑。”我露出苦涩的笑。他说的话不能说没有道理,虽说金钱不是万能的,可人活着却万万不能没有钱。衣、食、住、行要钱,生、老、病、死要钱,你花精力写作,你为弱势者呐喊……可又有什么用呢?他们依然按照自己所选择的生活方式走下去。

“很多人都用怜悯的目光看着我,觉得我可怜,实际上我并不这样认为。我身上没有一分钱,却敢拖家带口出来,而且我和一切正常的人一样享受生活,承担一个男人、一个父亲该承担的责任和义务。在家孤陋寡闻,只有闯荡江湖,才能真正体会到人世间的喜怒哀乐、甜酸苦辣。我真后悔没有早点出来。”

“是吗?听你这样一说,我也想出去走走。”我有些羡慕地说。

“是该走一走,这个社会还是好人多。正因为世上有这么多善良的好人,我们这些乞讨者才有了生存的空间,有了朝这条路走下去的勇气、信心。”

一连与他闲聊了两天，他极坦率，有问必答，我看他已把我当知心朋友似的，已毫无顾忌，便问他：“你还怕我写你吗？”

他诡异地笑一笑，使人有些捉摸不透。

他要回家了，我送至门口，他走出不远，又回头走到我的面前，悄悄地再一次提醒我说：“你不要写我啊，如果让家乡人知道我给他们脸上抹黑，我就不承认。”

每年的三月份雨水多，生意都很清淡，今年却是出人意料，生意比以往任何一个月份都好，常常爆满。

晚饭后，客厅里人来人往，很是热闹，我坐在客厅中央正跟旅客登记结账。

“老板娘，我把那个女子带过来了。”

“是吗？”我抬头一看，只见阿斌不知什么时候走到了我面前，身边还站着一个拄着拐杖的女子。

“走桃花运了。”我见他喜形于色，开玩笑地说。

“你忘了，就是上次我跟你说过的得小儿麻痹症的那个女子呀。”他笑嘻嘻地说。

“好，可惜楼下没房间了，楼上只剩一间三人房，上下楼怕你们摔跤，不然住下好好聊天。”我歉意地说。

“那怎么办？”他一下没了笑容。

“你先到其他旅店去住一晚吧，明天楼下有人退房，你再回来住。”我见时间不早了，便劝他暂且找个旅店先住下再说，反正到哪里住都是花钱。

他带着女子蹒跚地走了。

第二天，楼下留了两间，直到天黑也不见他们的踪影，我想也许他们住下就懒得再挪窝了，晚上肯定又会像以前那样到广场上去写字。我约了张忠去看到底是不是如他所说凭写字赚钱，谁知在广场到处寻了一遍，连影子也没有，无奈只好遗憾地打道回府。

还没到家便听到客厅吵吵闹闹，门口看热闹的人越聚越多，我大惊，急忙跑进客厅，原来阿斌因昨晚没有收留他们住而上门与我丈夫理论，吵起来了。我把丈夫劝走，心平气和地跟他解释，并当众代表丈夫向他赔礼道歉，给他台阶下，话说到这个份上，见大家都用不友善的目光看着他，他识趣地走了。以前我们在一起像朋友似的几乎无话不谈，这次却因昨晚没收留他住而莫名其妙地一下成了陌生人。

他拄着双拐，一脸的晦暗，边走边说："我真想打110，让民警评评理，太过分了，我一连住了四年，你也不让我们住。"

"你打呀，楼下住满了，楼上还怎么住，你们两个人都拄着拐杖，万一摔下来，不仅害了我，还害了你们自己。"我生气地说。

"你丈夫也不能这个态度呀，我们是残疾人，只是肉体残疾，可是我们的内心世界、精神追求都很正常，我们需要尊重，需要得到跟正常人一样的待遇，可是现实却不可能，社会对我们多了一份冷酷。我们即使花钱，也不愿给我们提供歇息之所。"他声音哽咽地说，心潮一起一伏。

我第一次听他说多年来郁结在心里的愤恨，心里的震撼无以言表，似一声炸雷在心中轰响。

"别难过，回去陪陪那个女子吧。"

"她今早天一亮就走了，在路上我安慰她说，阿姨会收留我们住，从你这里出来，结果没有一间旅店收留我们，只得露宿街头。"他忧郁地说，口气中有种深深的痛楚。

如果他不说，我真不知道，他们漂泊在外，度日会如此艰辛。

"你明知道这条路这么艰难，为什么还要走下去呢?"我不解地问。

"我小女儿考上大学了，需要不少钱，我再漂泊几年，也可以坐下来写书了。"他很平静地说。

"是吗？我今天在楼下已给你们留了两个铺。"

他对我笑一笑，朝市中心走去。见他无所畏惧地融进川流不息的人流之中，我突然觉得他不是乞丐，他一直就是一名英勇无畏、乐观通达的人，一名对社会、对家庭都有责任和担当的顶天立地的男子汉。我突然害怕再也见不到他了，猛地冲进茫茫人海之中，朝他消失的方向追过去。

今夜星光灿烂，但愿那颗最亮的星星就是他。

第二十二章　打开心结

桂花村的王老板原本想堂堂正正、体体面面地干一番事业，承包铁厂。结果看似简单，却是隔行如隔山，加工近半年的铁石，竟然全部不合格，需返工。他一气之下断然拒绝，现在一拖几个月，对方迟迟不验收，不结账，并声言再不返工就承包给他人。

晚饭后，王老板一想起铁厂董事长要求铁石返工的最后通牒，心情就像压着一座大山一般沉重，郁郁寡欢。也许自己真不是这块料，没有金刚钻，揽什么瓷器活呀？他十分懊悔，连他从小喜欢看的战争片《地雷战》也没心情看，早早就躺下，苦思冥想。

“唉。”王老板躺在床上翻来覆去，辗转难眠，深深地叹了一口气。铁厂是自己做大事业的第一步，这样稀里糊涂地打退堂鼓确实于心不甘。

夜深了，周围一片寂静，王老板思考了半夜，也没想出一个解决铁石问题的办法。仿佛床上长了刺似的，他一时坐起来一支接一支地抽烟，一时又躺下苦苦思索，这时才想起一直盼着他的铁厂开工的阿牛、东生、肖山、张忠他们，想起他们常常说起江老板如何善待他们，善待所有的民工。这时眼前一亮，他早就听村里人说，原下放在桂花村的江林早已停薪留职，下海经商，生意做得风生水起，财源广进。自己何不去拜访他，看他能有什么锦囊妙计，想起在生产队时，自己和他常因追求同一个女子而闹得不愉快，心生芥蒂，就觉得可笑。因女子的母亲嫌弃江林是外地人，棒打鸳鸯，劳燕分飞，江林回城后不了了之。虽然女子的母亲同意自己和那女子结合，却因那女子死活不同意，而不得不放弃。江林算是商海中的高人，我明天就去找他叙叙旧，向他请教请教，改革开放都快三十年了，自然有很多话要说。王老板想好后，这才安心地呼呼大睡，一觉到天亮。

“给我立即滚蛋，再不要来找我了。”江老板像只发怒的狮子，对站在那发呆的矮古、阿牛大声咆哮。俩人莫名其妙地看着他，一时不知所措。这时正巧碰上王老板来登门拜访。

“哇，以前的文弱书生，怎么变成一头雄狮了？”王老板惊讶地说，简直不敢相信这是江林。

“你说气不气人，他俩来找事做，看在半个老乡的面子上，我立马给他们安排，叫他俩到那提醒司机倒车，别碰伤了人。他俩头一歪说他们是来搞搬运的，倒车的事与他们无关，车辗死了人是司机的责任。”江老板气呼呼地说。

“他俩说的没错嘛。”王老板笑着说。

“我看你的大脑也进水了，怎么桂花村竟出些智障者？”江老板的心情平静多了。

“大概是桂花村的风水太好的缘故吧。”王老板诙谐地说。

自从赌场封了后，县公安局便按计划开展了严厉打击黄、赌、毒的运动。赌博机被拉去城郊空旷地，一把火烧了两天。那些无业游民，几年来靠吃赌场的免费餐度日，一时断了炊，便急得撞墙，连生存都成问题，游手好闲、好逸恶劳惯了，一时真回不过神来。矮古早就当众说跟阿牛去扛包，但吃不了苦，迟迟不去干，可他现在大概是饿急了，再也顾不了面子了。今早阿牛一邀他去江老板那里干，便爽快地答应了，并说他敬重江老板的傲骨，有官不当，所以，愿去他那里干。结果，因他俩带头拒绝给货车导行，说他俩是来搞搬运的，货车倒车碾死人不关他俩的事，气得江老板大发雷霆。好在王老板来了，才帮他俩化解尴尬。江老板自然不会给他们活干了。他俩本想随王老板进店喝茶，看有没有挽回的余地，被王老板回头狠狠地瞪了一眼，便灰溜溜地走了。矮古心想，出师不利，也许是天意，自己根本就不是做苦力的命，活人还能让尿憋死，只有重操旧业。有了牛高马大的阿牛做保镖，定会如虎添翼，没错，这次就带阿牛到江湖上去混一圈，看能不能混出个名堂。

矮古打定主意，回到住处，拣了两套换洗衣服，准备立马带阿牛踏上自认为的康庄大道。阿牛更是喜笑颜开，有了矮古的保证，吃住、路费他负责，可谓跃跃欲试，恨不得立即就飞到那遍地是黄金的广东，只可惜还没到站就被父亲阻止。

王老板被请进公司喝茶，自然是千头万绪，就像见了久别重逢的亲人一般，心里暖乎乎的，感慨万千，一时不知从何说起。他看着阿牛他们渐渐远去，话匣子便从这里打开。

“你有多少年没去桂花村了？”

“怎么，现在桂花村变化很大吗？”江老板疑惑地看着他。

“老样子，只是村里的田地越来越多抛荒的，你看连没有一技之长的阿牛在村里都待不下去了，跑进城里来混日子。”

“哼，别看他智障者一个，封个经理给他当，还干得蛮起劲呢。”江老板笑着说。

“你知道他是谁的儿子吗？”

“谁的？”江老板好奇地问。

“就是那个发誓愿与你同甘苦、共患难的痴情女子……”

“啊？他母亲现在怎么了？”江老板心中微微一颤，很惊讶地盯着王老板。

“农村女人的命还能好到哪里去，你回城以后，她一气之下，很快就嫁到另一个村去了。终究合不来，又因丈夫猜疑阿牛的长相，夫妻俩常常水火不容。离婚后，她把儿子抱回跟老母亲，一时想不开，便寻了短见。这不农村没人请阿牛做事了，姥姥前年已病故，阿牛见矮古回来，便跟了矮古进城混。好在他的父亲已醒悟，已让他认祖归宗，混不下去了，父亲便会接济他。”

江老板听了王老板的话一脸凝重，心中翻江倒海，他望着阿牛远去的背影，难道？难道？他再也不敢往下想了，大脑一下懵了。

“江林，你怎么了？”

“没啥，无事不登三宝殿，说说找我有啥事。”

“唉。”王老板叹息一声，见江老板正聚精会神地听，他便把自己的困境一一说给江老板听。

“你可算是桂花村的角色。”江老板听完笑着说。

“一想起铁石返工的事，头就痛。”王老板实话实说。

“这事很简单，也不是他说了算，地区还有质检化验，你们可以重新取样送权威机构检测，该谁担当的就得担当。”江老板平静地说。

“哇，我怎么没想到呢？铁石的杂质并不高，我们三番五次地加工已够认真的了，说不定里面有猫腻。”

江老板一语惊醒了梦中人。王老板当即打电话给铁厂董事长，提议重新取样检测，以这次为准。

董事长沉默了几秒钟，而后语气沉重地说：“待我叫司机带你去见个人再说。”

大约半小时，司机便来接王老板一同前往肿瘤医院。在车上王老板一直心神不定，惴惴不安的情绪，像蛛丝样老是纠缠着他，他最终还是沉住了气，没有打电话问董事长，心里想看董事长葫芦里卖的什么药。

司机载着王老板很快就到了四面群山环抱、环境优雅的地区肿瘤医院。司机啥也不说，一脸严肃，一下车便脚步匆匆地朝医院住院部走去，王老板心生疑问跟随其后。司机走到护士站打了一个招呼，便带王老板径直走进五号病房。

病房寂静无声，一个瘦骨嶙峋、苟延残喘的女子躺在床上，虽然眼窝深陷，病入膏肓，可还是被王老板认出来了。她就是在王老板发廊里干的时间最长的湖南女子，名叫细妹，因长得漂亮，大家都叫她靓妹。她不是两年前就回去了吗？怎么会病成这样？王老板疾步走近床前。

“王老板，谢谢你来看我。”女子声音微弱，眼睛失神地看着他，露出一脸的苦笑。

“你怎么了，家人呢？”王老板诧异地盯着细妹，左右看看空无一人。

“村里人误会我，以为我干的是不正经的职业，家里人骂我给他们丢人现眼，我被他们赶出来了。我得了绝症，现在忍着这口气，就是死不甘心，好在有这么多好心人帮我，要不早死了。”

“他们真不是人，你为家人付出这么多，他们怎么可以抛弃你？”王老板义愤填膺地说。

“我真想为自己活一回，可已经迟了。”细妹说完泪流满面。

“你会好的，多保重。”王老板看着女子孤苦无依，被病魔折磨得痛苦不堪的惨状，心灵受到了巨大的冲击，突然有种帮细妹做点什么的想法。

从医院出来，仰望着门前的参天大树，王老板突然明白了董事长的用意。他毫不犹豫地当即给董事长打了一个电话，说愿为那女子无偿捐助一万元，希望她早日康复。

“你知错能改，还是个君子，凭你的善良，我放你一马。实话跟你说吧，她是我母亲同一病房的病友，当他们得知承包铁厂的王老板就是当年开发廊的王老板，他们大家都说你对她不好，拖扣工资，让我恨恨地整治你。”

王老板拿着手机的手僵住了，董事长的话让他听了全身战栗。董事长的一席话，那女子的悲惨遭遇，深深地震撼了他。他似乎有所醒悟，在心里暗暗发誓，今后一定要善待员工。

第二十三章 阿牛的智慧

这个月，阿牛因没找到合适的事情做，父亲又跑到外地帮朋友建房去了，经济拮据，为省钱，他又跑到革命烈士纪念碑的凉亭里睡了几个晚上，被民警一劝才跑到城郊去租了一间极便宜的老房子住。

阿牛自前天在购物广场凑热闹，看人打架捡了三十元钱以后，从抬头走路到低头走路，常常到处寻寻觅觅，希望能好运常在，再捡几十或几百元，可运气偏偏不佳，连五角钱的硬币都没捡过。

这天，阿牛路遇我去爬山锻炼身体，立马跑到店里去看电视。见矮古正跟几个小商贩说说笑笑去乡下赶集，阿牛突然觉得在矮古面前底气不足。阿牛不是那种自轻自贱的人，他也有值得炫耀、骄傲的资本，常常会回味起在江林的公司当“经理”时的那段风光岁月。

“矮古，你算老几，连经理都没干过。”可惜他说话的声音太小了，矮古没听见。

这时阿牛再也没好心情看电视了，思前想后，不当经理，总觉得不妥，当点大小什么官也好，才不会被人瞧不起，想威风才威风得起来。他坐在客厅绞尽脑汁，细细斟酌。他苦思冥想，从城里想到乡下，突然脑洞大开，心里一阵激动，想起在乡下时，被结扎官临时抽调他去查抄结扎对象时的威风。对，要当就当结扎官。事情想妥当，他禁不住开心得哈哈大笑，心里就像六月天吃冰棒那般舒服。

“经理，捡钱包了，怎么这么高兴?”东生听见阿牛的笑声，从房间里跑出来。

“我不当经理了，要当就当结扎官。”阿牛郑重其事地声明。

“结扎官有什么了不起的，要当就当玉皇大帝，连鬼神都归他管。”肖山故作严肃地说。

“你是外地人，你不懂。”阿牛想，眼见为实，耳听为虚，除了电视上的玉皇大帝、妖魔鬼怪以外，生活中谁见过？你肖山鬼精一个，说不定你早就想当结扎官，只是不便说而已，现在故意来骗我，没门。想起那些有身份的人都有名片，自己两手空空，会不会有失面子？印名片得花钱，用辛苦赚来的钱印这些不实用的东西，还不如买肉吃更划算。阿牛突然发现自己是何等智慧，不用花钱印名片，照样当官。

我锻炼身体回来，阿牛满面笑容地看着我，极是春风得意。

“老板娘，阿牛当结扎官了。”肖山忍着笑说。

“是吗？阿牛，那我以后就叫你牛结扎了。”

“嗯。”阿牛见我一本正经，一点也没有取笑他的意思，一下收敛了笑容，正襟危坐，拿出他认为的当官做派很严肃地在看电视新闻，而不是枪战片。

“牛结扎，这里就你当官，大家都让你一个人看电视，你好棒啊。”

实际上，做小生意的、打工赚钱的、找人办事的，一早就陆陆续续地出去了。我见肖山也准备去上街摆摊，便故意这么说，想看看他能坚持多长时间看电视新闻，看他如何翘尾巴。

“我当结扎官，今晚到你店里住，不收钱吧？”阿牛电视也不看了，趁热打铁提出要求。

“不收，免费。”我毫不犹豫地答应他。

“到你店里煮饭，行不？”

“行呀。”

“吃饭……”

他见我一脸严肃，迟疑了一下，还是没敢往下说。我忙进忙出，没再理他。

他摸摸头，自言自语地说：“上次不给钱就不让住，叫我去蹲壁脚，去蹲壁脚，还不如去纪念碑的凉亭里睡更凉快。”

“牛结扎，你不要总记着这事，你那时是有钱不给，我说的气话。我刚才答应免费给你住，别忘了啊。”

他低头沉思，突然，好像大脑开窍了，大腿一拍，站起来就走，走到门口，回头给我打了一个招呼说：“晚上我到你店里睡啊。”

“行啊。”我笑着答应他，心想，不就是少收他一晚的住宿费，有什么大不了的，就让他享受一回当结扎官的待遇，高兴高兴，省得他老是到处说我让他蹲壁脚，不知情的还以为我多小气。

夜色抹去了最后一缕残阳，夜幕就像剧场里的绒布，慢慢落下来了。

大家陆陆续续地回来了，洗洗刷刷的，吃晚饭的，在客厅看电视聊天的，人来人往，进进出出，很是热闹。

我正在客厅吃晚饭，阿牛抱着衣服风风火火地进门，神气十足地对我说："我衣服都带来了，晚上到你这里睡，不收钱吧？"

"神经病，滚远一点。"矮古大喝一声。

"你算老几，关你屁事，我看你哪块肉又痒痒了。"阿牛哪里会买矮古的账，气得暴跳如雷，他挽起袖子，对着矮古的头部正要一拳挥过去。

"住手，牛结扎，你是当官的，不能打老百姓啊，我说话算数，今晚免费给你住。"

阿牛一听转怒为喜，指着矮古说："老子当结扎官，就不准你结婚生儿子。"

大家都莫名其妙地看着阿牛。

阿牛见我在吃饭，露出羡慕的目光，实际上除炒黄瓜放了几片瘦肉，其他都是素菜。只见他痴痴地盯着桌上的饭菜，不愿挪步。

"你吃饭了吗？"

"吃了。"他声音微弱，底气不足。

"唉，太可惜了，我还想请你吃饭呢。"我知道他在店里住时，从来不吃人家的剩饭剩菜，故作遗憾地说。

"我还可以吃一碗。"阿牛欣喜若狂，露出灿烂的笑容。

我诧异地看着阿牛去拿碗盛饭，坐在我对面靠墙的桌旁狼吞虎咽地吃，心里很迷惑，阿牛搬出去住不到一个月，是流浪的生活、饥饿的折磨把他仅有的那点自尊心丢到爪哇国去了，还是当了自以为是的很威风的结扎官变得更聪明了？当了结扎官，老板娘请吃，多有面子呀。为什么不吃呢？不吃白不吃。

他三扒两口很快就把一碗饭吃完了。

"老板娘，你要吃饱啊。我吃点你的菜。"

我先前没在意，听了他反客为主的话觉得特有趣，后见他目不转睛地盯着那还剩半盆的饭而迟迟不愿放碗筷，才意识到他醉翁之意不在酒。

“你要吃饱啊，你炒的菜太好吃了，再吃一点。”阿牛依然痴痴地盯着那盆饭。

我笑笑，想不到他也有如此做作、拘谨、虚假的一面。

“牛结扎，来，别客气，你端过去全部吃掉。”

他从我手上接过那盆饭，一下来了精神，露出满意的微笑。

“我吃完饭，帮你洗碗。”

“不用，要当官的帮我洗碗，不要命了。”我说完，忍不住大笑。

“嘿嘿。”阿牛听了飘飘然。

“你把桌上所有的饭菜都吃掉吧，别留了。”

“好，好，好。”

他笑嘻嘻地站起来，把桌上的所有剩菜端起就往饭盆里倒。这时大家都围在他身边七嘴八舌地议论。

“阿牛，怎么饿成这样，今天没吃饭吗？”

“吃了一点点米粉。”

“你最长时间饿了几天？”

“四天。”

“你怎么熬过来的？”

“饿了就喝水、睡觉。”

我听了一阵心酸，同情心只在心里停留了几秒钟，代之而来的是哀其不幸，怒其不争。

“阿牛，你说我为什么请你吃饭？”

“是我当了结扎官，他们没当。”

“对，我是在拍你的马屁，你真了不起啊！”听了他又在说傻气的话，可气，可恨，又可笑，我并不想把他那美妙的梦打破，让他继续骄傲、自豪去吧。

第二十四章　醒悟

阿芳自从那晚失踪，回去生养宝宝以后，不到一年的时间，又回到店里来了，依然白胖，穿红戴绿，显得活泼、性感。乞丐排骨王因与她早已熟悉，一进门便嘻嘻哈哈，打打闹闹。

胡子这段时间已包房长住，很少外出。阿芳的出现一下吸引了他，他从阿芳开朗的性格，说的那些粗俗的玩笑话，便知她是干哪一行的。

这些身强力壮的单身汉，听阿芳说她这次回家与丈夫办了正式离婚手续，除张忠一脸严肃，心如止水，其他个个都像打了鸡血似的，兴奋得两眼放光，笑容满面，恨不得立马占为己有。

民工中午下班，一身脏兮兮的，因怕被人嗤笑，又不便去洗澡换衣服，只得自惭形秽地坐在不显眼的地方赔笑。排骨王嫌阿芳太胖了，没兴趣，所以他们之间一直仅限于吃吃喝喝的酒肉朋友关系。这倒让一天到晚忙着吃喝玩乐的生意人胡子捷足先登。他在阿芳面前表现得风度翩翩、殷勤有加，中午双双共进午餐，惹得周围的光棍们既羡慕又妒忌。当饭后他俩似恩爱夫妻一般进进出出时，引起了这些男子汉的极大愤怒，心里的不平一一喷涌。

“妈的，昨天还跟别的女人一起吃饭，今天就要换口味了。”

“见一个，占一个，看你有多少钱潇洒。”

“他就要让女人掏空了腰包才会死心。”

“我们一天到晚累得要死，赚的钱，吃住都成问题，真是出力不赚钱，赚钱不出力。”

“他不做事哪来的钱消费？”

“哎，不管他，犯法有公安会处理。”

…………

大家你一言我一语，说归说，谁都奈何不了胡子。他爱怎么花钱，他愿意。他用什么手段赚钱，更是他的本事。他是单身汉，愿意追求什么样的女人，愿意在谁身上花钱，更是他的自由，别人无权干涉。

天刚断黑，上班的民工已陆陆续续地回来了，大家都忙着吃晚饭，洗洗漱漱。忙完后，大家都心照不宣地来到客厅看电视、闲聊。因胡子寸步不离地围着阿芳转，他们想跟阿芳搭讪却没机会，敢怒不敢言。大多数人已不相信阿芳已办离婚，她上次挺个大肚子回去，虽然肚里的娃是出轨得来的，可已证明是丈夫没有生育能力，怎么不会把她当宝似的。阿芳把自己说成单身，只是一种赚钱的手段而已，好让那些急于娶妻生子的单身汉大把大把地往她身上花钱。阿芳见胡子上街买烟了，便趁机来到客厅，见这些民工毫无顾忌地开玩笑，心里乐开了花，笑得嘴都合不拢。

肖山上午出去摆象棋摊，直到晚上十点多钟才回，这时阿芳早已回房躺下了。

肖山一听排骨王笑嘻嘻地说“你的学生回来了”，便知是阿芳。

“咚、咚、咚。”肖山的敲门声把已进入温柔梦乡的阿芳惊醒了。

“一日为师，终身为父，怎么把我这位胎教老师也忘了？”

“嘻嘻，老师个鬼哟，我已躺下了，明天吧。”阿芳打着哈欠说。

“也许阿芳真的离婚了，机会难得，过了这个村，没了这个店。”张忠说。

“说破天，我也不信她离婚了，像她这种身材，谁会养她？”排骨王说。

“女人最可恶了，一心就要你的钱，没钱了，就一脚把你踹开。”东生深有感触地说。

“我早就看破了，色字头上一把刀，少去沾。”张忠说。

“胡子再聪明，也被女人耍得团团转。”肖山说。

也许这些光棍都上过女人的当吧，个个都说得义愤填膺，咬牙切齿。

第三天，阿芳因怕胡子缠着要与她结婚，这才当众说她没离婚，并劝胡子别对她抱任何幻想，她出门是求财养家。

阿芳随和开朗的性格，丰满性感的身材，煞是可爱，令那些光棍垂涎欲滴。

胡子眼看娶阿芳做妻子是不可能的了，退而求其次，与阿芳商谈，每月给她一千元,包吃住。他早已负债累累,且欠排骨王两百元,为了筹集这笔资金,不得不忍痛割爱,恋恋不舍地远走他乡做生意,阿芳答应等他。

这段时间,阿芳俨然是自由人,愿干啥就干啥,想帮谁就帮谁,愿与谁亲近就与谁亲近。她又恢复了从前与肖山、排骨王他们吃吃喝喝的日子,帮排骨王清点乞讨来的钱,生怕他把钱藏起来不请客,过得很是舒心。

半个月后胡子就回来了,他在客厅当众宣布从即日起要同阿芳好时,立即引起大家的强烈愤慨,一致抗议。

"胖子,别听他的,还是当你的自由人好,爱干啥干啥,谁都没权干涉你。"

"妈的,这里就住一个女人,你就想一个人享用,不行,决不行。"

…………

胡子做梦也没想到,自己跑了一趟回来,大家对他同阿芳好会引起如此大的公愤,心想,我花钱,我愿意,关你们屁事,眼红妒忌,有本事你们也去找个相好的,干涉我,老子偏要同阿芳好,气死你们。

一连几天,胡子都黏着阿芳,真可谓日同三餐,夜同一宿,俨然夫妻一般。其他男子虎视眈眈,想插一腿都逮不着机会。

排骨王本来对阿芳就没非分之想,只是每次乞讨回来,阿芳都会当他是大哥似的笑容满面地迎接他,倒杯热茶往他面前一放,把袋子里的钱往桌子上一倒,便细心清点,为他乞讨更多的钱出谋划策。排骨王则坐在边上滔滔不绝地说着自己得意的事,仿佛自己高人一等,自尊心得到了极大的满足。

肖山逢圩日一天到晚在外面摆摊,中饭也在外面吃。排骨王在逢圩日,自然也是财源广进,这天,乞讨到一百多元,他很是开心。于是他买了菜及两瓶好酒,与胡子、阿芳他们共进午餐。他们就像多年的老朋友似的推杯换盏,吃得津津有味。胡子与阿芳一吃完就躲进了房间。排骨王慢悠悠地最后吃完,见他们的房门虚掩着,便想叫阿芳出来收拾杯盘。见阿芳小心翼翼地在帮胡子刮脸,他摸摸自己的胡子,虽然不是很长,却也该刮一刮了。他搬了一张凳子,坐在他们的对面静静地端详阿芳的手艺。阿芳原来就是干发廊妹这一行,自然轻车熟路,把胡子的脸刮得干干净净,胡子一下仿佛年轻了十岁。胡子拍阿芳的大腿连连说“好棒，好棒”。

排骨王见状很是羡慕，待胡子一刮完就站起来，搬了一张凳子坐在阿芳的面前，说：“阿芳，来，帮我也刮一下。”

胡子生气地白了他一眼。阿芳不知是胡子站在边上有些不便，还是要故意显示自己的高贵，抑或确实是瞧不起排骨王，她用鄙视的目光盯着排骨王，说：“我看见你就恶心，会呕。”说完她做了一个呕吐状。

阿芳对排骨王的鄙视似一声惊雷在他头顶上炸响，排骨王当场就懵了，愣愣地坐在那，大脑一片空白。当他反应过来，心里突然有种钻心的疼痛，伤心得泪如泉涌，他一边拼命撞墙，一边哭诉：“你们吃我买的肉，喝我的酒，借我的钱，却鄙视我，我真是大傻瓜。”说完，他从桌子上拿起剩下的半瓶白酒一饮而尽。

张忠刚下班，正在洗漱，见排骨王的行为如此疯狂，他急忙跑过去，拼命拉住排骨王。幸好张忠拉住了，否则，排骨王早就撞得头破血流。张忠看到排骨王头上撞的两个大包，便硬拉着他进房间劝道：“人最宝贵的是生命，你别干傻事啊，吃一堑，长一智，要获得大家的敬重是要靠高尚的品格的，不是靠吃吃喝喝，想开些吧。”

“呜，我不想活了。”排骨王捶胸顿足，从桌子底下拿起酒瓶直往头上敲，被张忠一把夺下。

在张忠的陪伴和耐心开导下，排骨王已慢慢地冷静下来了，他静静地躺在床上，蜷缩一团，啥话也不说。

排骨王的举动令阿芳诧异，吓得惊恐万状，想不到自己对他说的一句“恶心”的话，会对他造成如此大的伤害。自己对他一直是逢场作戏，阿谀奉承，好让他花钱请客，想不到他都是认真的，以为用金钱就可以买到自尊，买到大家对他的敬重。排骨王愤怒的哭骂，悲痛欲绝的撞墙举动，不仅震撼了她与胡子，还震撼了所有在场的人。他们对排骨王刮目相看，对自尊有了新的认识。

排骨王把自己关在屋里躺了一天一夜，第二天傍晚，便坐火车回家了。他在反省自己的过去，调整自己的未来。他实在想不通，自己这么真诚地对待大家,用乞讨的钱与大家一起分享,竟得不到大家的尊重,还不如一个靠坑蒙拐骗的小生意人那般活得洒脱。

第二天起床,阿芳见店里所有人对她似见了陌生人一般,欲言又止,再不愿靠近她,而胡子只是总说不会亏待她,并没兑现过承诺,这样下去如何赚钱养家?大家都转变了对自己的态度,疏远自己,自己对排骨王是不是太绝情了?自己原来就是做发廊妹的,什么事没碰过,为什么要嫌弃一个用乞讨来的钱请你吃喝的乞丐呢?自己比乞丐又高贵在哪?她想了很多很多,对排骨王已有了深深的愧疚。

胡子只与阿芳做了半个月的露水夫妻,终因阿芳隔天催他要付每月的一千元钱,所以,依依不舍地再次出门求财做生意。

阿芳又成了自由人,她对排骨王无情的鄙视,因排骨王的离去、胡子的出走,在这些男人的心中已渐渐淡化。他们再也不会以为阿芳对人冷漠,倒有一种对排骨王报复的快意。你只是一只手掌畸形而已,却利用人们的善良,走南闯北,吃香的、喝辣的,你算是男子汉吗?什么事不能干,非得干这种拦路乞讨的勾当。世界上缺胳膊少腿的人多着呢,人家都能自强自立,你为什么不能?你用这些钱成家立业,孝敬双亲,修桥施路也好呀,谁奉承你几句,便不分东西南北,以为花钱请客就高人一等,就要得到敬重。真可笑,殊不知,乞丐就是乞丐,你用人家施舍的钱吃喝玩乐,在人们眼中就是下等人,敬重阿牛也不能敬重一个不孝、无德、无义的乞丐。

阿芳见大家已转变了对她的态度,她的心情又一如既往,与大家又恢复了以往的融洽亲密关系。白天她去原来的发廊上班,晚上回来住,在发廊上班并不正规,想去坐班便去,不去也罢,多劳多得,按劳分配。发廊一天到晚几乎来不了几个顾客,生意自然清淡萧条,形势再不好转,迟早得倒闭。阿芳看在眼中,急在心里,现在家中已有宝贝儿子,再不能像从前那样混日子了,想想店里住了这么多民工,就是帮他们洗衣服、做饭也比在发廊里赚的钱多。于是她自告奋勇地担当店里的服务员,工资随便给多少,包吃住就行。

光阴似箭,日月如梭,转眼便过去了半年。这天中午,阿芳在店里边看电视边与大家聊天，突然电话“叮铃铃”地响起来，她赶忙去接，原来是排骨王打来的。排骨王说他坐火车晚上一点多钟会到安丰县，让老板娘给他留一间单人房间，因阿芳是店里唯一的服务员，老板娘不在，店里的事自然由她全权处理。

排骨王的到来引起了大家极大的兴趣，都在猜测他会不会改变原来的生活方式。阿芳更是兴奋异常，一时觉得排骨王来了这几天的伙食就不用愁了，一时又怕排骨王记恨她，给她难堪。

夜深了，大家都陆陆续续地睡下了，唯有阿芳左右为难，等也不是，睡也不妥，最终还是熬不过昏昏欲睡的大脑，关了店门，躺在沙发上，不一会就睡着了。

睡至凌晨，她被冻醒了，一看时钟快四点了，心想，排骨王竟敢戏弄老娘，让我一晚上没睡好觉，等你再来，看我怎么收拾你。

排骨王确实来了，一点多钟下车后，被其他做小生意的老乡硬拉去跟他们同住，说人多去住有优惠。

第二天，这些民工在街上碰见排骨王，个个都感到无比震惊。排骨王依然红光满面，却比以往清瘦多了，两眼炯炯有神，放射出自信、坚毅的光芒。他从一个乞丐华丽转身，已成为一位卖光碟的小生意人。职业的跨越，使他精神焕发，浑身仿佛有使不完的劲。做这种卖光碟的小生意，虽然发不了大财，但轻松、自由，本钱不大，一天下来，也能赚二百元左右，除开本钱、食宿、路费，一个月能赚四千左右，比起乞讨赚钱多了。

他在街上摆摊，小推车上挂着一块招牌，“感恩社会，买一送一”。

说来有意思，以前认识他的人都叫他的外号排骨王，可现在大家好像已商量好似的都叫他老板，使人听了有些滑稽。排骨王在这些酒肉朋友的热情相邀下，盛情难却，又回到了腾飞旅店住。他以前乞讨回来，大家都忙着帮他清点收入。可现在他的职业变了，观念变了，大家对他的态度自然得有所转变。

这天，排骨王买了几个好菜，两瓶好酒，端进自个儿的房间，请与他一起跑江湖做小生意的老乡吃。肖山、东生他们，这个进去打个招呼，那个进去说声问候。排骨王一个也不叫他们吃喝，和老乡自顾自说，大家这才确信排骨王已起了脱胎换骨的变化。想让他请客，也得说婉转些，肖山他们不得不换另一种方式。

“老板，晚上到我这里喝酒。”

“行，你买酒，我买肉。”

“老板，到我这里吃饭。”

“行，我会买酒。”

排骨王尽量与人保持平等，不会再自轻自贱，破罐子破摔。

中午买了肉与肖山他们合起来吃，阿芳也坐在边上，他置若罔闻。阿芳心里很不是滋味，终于忍不住说：“我跟你们一起吃吧。”

排骨王毫不避讳地拒绝说：“不行，谁叫你瞧不起我，说我恶心。”

“你怎么老记着这句话？”阿芳有些不解地说。

“太伤我的自尊了，我一辈子都忘不了，我这样为你们花钱，却换不来你们的尊重。”

“你就把它忘了吧，大人不记小人过，宰相肚里能撑船，叫她一起吃吧，后面让她收拾洗碗。”肖山和事佬似的说。

“行，下次得你请客。”排骨王顺着台阶下。

肖山、东生他们吃完便坐在沙发凳上喝茶、看电视，阿芳三扒两口便很快吃饱了。唯有排骨王毫无顾忌，一个人坐在那拼命地吃，腆着啤酒肚边吃边说：“花了钱要吃完，别浪费了。”

阿芳见排骨王吃得嘴巴流油，汗流浃背，等碗洗等得很不耐烦，可又不便照以前的脾气说一句“先吃完的不管，后吃完的洗碗”，想起排骨王现在是做生意的老板，便耐着性子等。

下午排骨王做小生意回来，把钱往床上一倒，便自个儿在那清点。

阿芳小心翼翼地走到他面前，开玩笑说：“买根冰棍给我吃吧。”

“我不会为你再花一分钱了。”

“是谁让你的运气改变的，你为什么会干上这一行？你想想吧。”阿芳突然气呼呼地说。

“不错,是你教育了我,你对我的鄙视、戏弄让我醒悟,让我也想做一位真正受大家敬重的人。赚钱以后,我要成家立业,租店当一位货真价实的老板。”排骨王情绪激昂地说,心情像大海的波涛一起一伏。

阿芳做梦也没有想到排骨王的自尊心会如此强烈,自己一句对他说的“恶心”的话,竟让他醒悟,走上了正道,让大家失去了一个酒肉朋友。

排骨王跟随那帮做小生意的老乡要到广东去了。阿芳目送着他远去的背影,突然心潮澎湃,自信满满:排骨王从哪里跌跤,都知道从哪里爬起来,我为什么不能呢?

第二十五章　抗命

被大家一致公认的铮铮铁骨的硬汉张忠，外出打工快三年了，这两年多来，钱没赚到，却心力交瘁，伤痕累累，前两年因老板拖欠工资而回不了家。今年他早就想结束在外奔波的打工生涯，说等跟东生把在工地上挣的一千多元工资要回来，就立马回家与老婆孩子一起过日子，再不出来了。

他这段时间最忙，有时刚回来，饭没吃完，电话一来又去了。搬运货物从安丰县上车到广东下车，几乎干一个通宵，他常常深更半夜才回来，每天收入一百多元。两年来，他总是干干停停，很少有活干，这段时间能赚这么多钱，我真替他高兴。每天晚上见他没回来，我都会烧好一大锅热水，或把他的饭菜放铝锅热好，待他回来享用。这两个月他发了狠心，拼了老命要赚钱回家了。不知是没时间还是有所醒悟了，这段时间我几乎没见他去买彩票了。很多人见他忙得团团转，问他这样活得累不累，他常常笑眯眯地回答："我早已不在乎什么了。"

有个成语，以其人之道，还治其人之身。改革开放以后，兴起了一个近似语——以烂治烂，这次在店里就发生了一起类似的事件。

有个近四十岁的残疾女子，个子瘦小，一次被人贩子拐卖到江苏，后乘机偷跑回家，嫁到广东，一连生了四个儿女。因丈夫把其他女人带回家中，她忍无可忍，熬了几年，跑回娘家，身边只带了十多岁的小儿子。她把所有的母爱都倾注在他身上。

前两个月，她认识了一个中年矮个子男人，离异。他开始对他们母子很好，不到一个月，就露出了无赖嘴脸。儿子吓得一直不敢与男子相处，甚至见了他，身体就发抖，无奈只好把儿子安排到旅店住。饭送过店里来吃，可儿子并不舒心，常常唉声叹气。

那女子为了儿子，欲与之分手，并把东西收拾好到店里来与儿子同住，声称一刀两断，男子不允，不但把店里的门踢破，还诬赖那女子花了他几千元钱要她赔偿。整天闹得人不像人，鬼不像鬼，躲了几次，不是办法，她又回到店里来住。

那女子在店里认识了一个刚从广东回来的老光棍，一熟悉，便关起门来喝酒。被那男子逮个正着，揪住她欲打，被我劝出外面。他本以为占理了，想敲他们一杠，想不到老光棍也是无赖一个，借着酒劲，不但不躲藏，反而一出店门，便揪住男子痛打了一顿。如果不是我冲上去拼命地把他们隔开，恐怕不死也要半条命。

我开旅店整整十年了，认识了不少涌向安丰县找工作的朋友。他们顽强的生存能力，花钱来我简陋的旧瓦房投宿，常深深地感动我、激励我。我为他们的到来欢欣鼓舞，尽力为他们提供各种方便，常嘘寒问暖，有什么烦心事也会跟他们相互沟通，权当旅客是自己的朋友，努力给他们营造一个家庭式的和谐、宽松、舒适的环境。我坚持君子爱财、取之有道的原则，每天收取五至十元住宿费，经济实惠，所以，早已名声在外，加上自己爱好文学写作，只要旅客之间相安无事就什么也不管。说来有趣，有时来了旅客，因大脑还沉浸在小说里，为他们服务时丢三落四，一下开房，一下拿杯子，一下拿茶叶，为他们五元钱忙得不亦乐乎。旅客为我这份真诚感动得心里热乎乎的，他们走南闯北为店里做了不少广告，店里的生意日渐兴隆，被认为是世上少有的旺人不旺财的旅店。

这次在店门口发生暴力事件，无赖为女人争风吃醋、打架斗殴，开店以来还是第一次。满屋的男男女女，看着我一个弱女子毫不犹豫地冲上去拉架，任由我仿佛在两个发怒的狮子中间冲撞，不但没有一个人上前帮忙，甚至连一个提醒我的人也没有。我摸着被无赖撞得肿痛的左脸颊跑去药店买了跌打万花油，在客厅里对着镜子涂擦时，才陆续有几个旅客说：“别去管他们打架的事，在外面打死人也与你无关。”

我听了愤怒地说：“你们枉为男子汉，没有一点担当。”

我盯着站在面前的张忠火冒三丈地说：“你还说你功夫很厉害，眼睁睁地看人打架，看我一个弱女子去劝架，也不来帮一下，太过分了。”

“夫妻打架，不能去劝，不讨好。”

“这是两个无赖争风吃醋打架，不是夫妻，这算是什么狗屁理由。”我极反感地说。

他语塞，知道我动了气，笑嘻嘻地走了。

我突然发现自己正直、善良、自尊、自强的做人原则，受到了嘲弄、践踏，心里受到了猛烈的冲击。你把旅客当朋友，可在他们眼里，你跟他们永远是一种生意上的关系，你的良好愿望，只是你的一厢情愿，一旦还有收费低的，或另一处有利可图，他们立马就会走人。他们过去对你的巴结，与你诉苦谈心，或给你小恩小惠，讨好你，给你戴高帽，只不过是出门在外想得到你的帮助、关照而已，或者经济上有困难，为省钱不得已住在你店里。

第二天，我决定用经营旅店的常规方式对待他们，电视再不让他们随意放了，准备按市场价格涨价，给那些包房长住的人每月提二十元的房租，住宿费每天最低七元。虽然是冰冻天气，有炭也不给他们烤火。他们对我也换了一副面孔，敬而远之，再不会像朋友一样聊天了。

怕统一加价大家会一起抵制，也怕他们一时接受不了另找一处，因张忠水电用得比较多，于是我先从张忠加价，从包水电每月一百四十元，加到每月一百六十元，其他人的先不加，待春节后再加。

“今年再不回家过年，老婆、孩子都不理我了。我刚才打电话回家，老婆都不愿接，唉，东生害苦我了。”张忠每次与人交谈就是这几句话，让东生听了，心里很不是滋味。

我虽然同情他，但是一想起他对上次打架的事无动于衷，袖手旁观，气就不打一处来，对他的同情、恻隐之心就会烟消云散。如果没有发生打架之事，也许我会与东生协商，先帮他垫出来，也许我会拿出木炭给大家烤火，抵御风寒，也许不会加这二十元住宿费。可事情偏偏发生了，偏偏我左脸颊的伤迟迟难消肿痊愈，偏偏我一直为这事耿耿于怀。

自从客厅里规定了时间看电视，他们便跑到肖山、阿芳那里去看，去聊天。

张忠虽然忙碌，过得艰辛，但偶尔也会买木炭给阿芳他们烤火。由于我对他们态度的转变，由于持久的冰冻天气，张忠与阿芳及其他旅客的距离，因他买的木炭一下拉近了。店里包房长住的旅客，经过冰冻天气的考验，团结友好起来。我感觉到他们都在阳奉阴违地一致对抗我，比如：不打招呼就换了大号的电灯泡，下雨时有意把水龙头打开任水长流浪费，故意把池里的水冲过头，故意把烧火的锅盖通宵打开，等等。这时我心里一阵窝火，如果不是临近春节，我真恨不得把这些没道德、没良心的家伙全部赶走。

今年过春节，店里有史以来人最多，除阿牛父亲得了肝癌晚期，带阿牛回老家与叔伯兄弟一起过团圆年，残疾人母子、阿芳、肖山、排骨王、东生、矮古等十多人都留在店里过年。张忠终因与东生做事的工资没有着落，被迫滞留，回家团圆的愿望又一次破灭。

排骨王因春节卖光碟的生意比较红火而留下了。他因阿芳对他露骨的歧视而觉醒，再也不会买好酒、好菜与大家过年共享了。排骨王除了钦佩张忠的为人，感受到张忠的真诚，同情他，偶尔请他喝两杯，对其他人则视而不见。

阿芳倒是大方，把肖山、东生、张忠请去过年。张忠因已买好了一只鸭子，借故说老板已打过招呼，年初一要搬运草酸去广东，工资加倍，任凭阿芳如何劝说也没答应，气得阿芳见人就说张忠小气，就怕人家吃他的鸭子。

肖山、东生很爽快地答应了。东生很快从口袋里抽出五十元钱给她买菜，阿芳不收，说请他们过年不用他们花钱买菜，待过年给压岁钱就行。东生无奈，只好作罢，年初一就将五十元给了阿芳，阿芳毫不客气地收下了。自此每次与人交谈，阿芳都会提及她如何花钱请肖山、东生他们一起过春节的事。东生听了心里就像吃了苍蝇一般恶心。

肖山得了她的恩赐，她俨然主子一般，早上要睡懒觉，便叫肖山帮她去买早点，送到她房间里吃。人家是一个被三角债逼得走投无路的房地产老板，被你一个发廊妹呼来唤去，心里自然很不舒服。肖山见我用疑惑的目光看着他帮阿芳去买早点，尴尬地说："什么意思，要我伺候你。"

春节刚过，大家闲聊，几个人凑一起谈及房租的事，张忠这才发觉，只有他提了二十元房租，心里愤愤不平，当众提出要求减租，与他们同等对待，被我一口拒绝。

又过了两天,他又提出减房租的事,说不同意就搬走,我还是坚持原则。

房租到期,他果然搬走了。

我想,人怎么能这么自私,市场什么都涨价了,为什么大家不能共同分担?

夜深了,我摸着还没有消肿的脸颊,苦思冥想,到底是以前经营的方法对,还是现在提价的方式更合情合理?

张忠自从搬到离店不远,不包水电,每月租金五十元的旧瓦房住以后,为省电,过餐的饭菜没蒸热吃,一直生病,起初拉肚子,后感冒咳嗽转肺炎。不知是没钱还是舍不得花钱治病,因在私人诊所买药吃而延误了最佳的医治时间,只一个礼拜就病得脸色蜡黄,两眼深陷,连去年冰冻天气都从不戴帽子的他,现在春暖花开却戴了一顶毛线帽。他说一连几天都低烧发冷。

排骨王晚上包饺子,从不开口向人讨要东西吃的张忠,竟然破天荒地要了一碗饺子吃。排骨王也大方,还加了两个荷包蛋给他。他无精打采,病入膏肓,只吃了半碗便咽不下去了。

虽然搬出去了,他每天依然会来店里玩,这两天突然没来了,听说肺炎严重,店里跟他比较熟悉的几个人都急急忙忙地去探望他。平时他们的关系都比较冷漠,如此慌张,出乎我的意料。也不知阿芳玩什么鬼把戏,很早就让她的老乡搬进了张忠原来住的房间。

约十点钟,肖山去看张忠回来后对我说:“张忠搬过去一直生病,现在肺病严重,呼吸不畅,我叫他搬回来住,他答应了。”

“他先把病治好再说吧。”我很严肃地说。

“他的病又不会传染。”肖山很生气地说。

“他是抵制我涨房租搬出去的,再说现在肺病严重,你说不传染,大家相信吗?”

“他有权回来住,老顾客,你没理由拒绝他住。”

“想起年前,我去拉架他却袖手旁观,我就生气,他是为了拒绝涨房租,自己搬出去住的,国有国法,店有店规,我是店里的老板娘,有权处理店里的一切事务。”

“他本来是不想搬走的，是那几个人煽动他，要加价就别在这里住。你看，这些人到期了都不走，骗了他，现在他也后悔了。”

听了肖山的话，我想起他在煤厂上班时，为了增加工资被同事利用当枪使，致使自己失业。现在为了抵制我调整房租，他又被人利用。我想正是他那不向命运低头，追求公平、公正、合理的个性，造成了他坎坷的人生。

十一点钟，东生一进门便心急火燎地说：“张忠病情恶化，又没钱治病，打电话回家，老婆说不管他了，几年不回家，肯定外面有女人了。张忠哭着说没有，她就是不信，很快就把电话挂了。后来我把电话打过去，叫他老婆千万不要挂电话，让我把话说完。我跟她说，张忠病情严重，危在旦夕，你要尽快寄钱给他治病，否则死路一条。你要看在儿子的份上，有什么错都要原谅他，今天千万要过来帮他护理，病情太危险了。他老婆在电话那头哭，张忠在这边哭，电话足足打了五十分钟，他老婆已答应下午寄钱，晚上过来。”

他们上午在房东那里借了三百元钱，把张忠送进了县中医院治疗，输氧气，挂吊瓶。

张忠的病危触动了店里所有人的神经，除了新来的不知情的旅客，几乎所有人都去医院看他。

最为震撼的要数排骨王，原来以为大家都不喜欢瘦猴似的张忠，想不到大家都如此关心他。虽然张忠从来没像他那样慷慨大方地请大家吃过一餐饭，但是，大家都说很敬重张忠做人的骨气和尊严。排骨王看见平时对张忠很冷漠的阿芳在医院一口一口地给他喂饭，并温柔地按摩他的胸和背，很是诧异。这才真正体会到原来大家心里都有一杆秤，人格、尊严是做人的骨气，高尚的人品是立起来的，不是靠金钱买来的。排骨王突然觉得他们从来就没尊重过他，一直就在戏弄他。张忠在他心中的形象突然高大起来，使他真正认识到只有张忠对他的尊重才是真诚的，发自内心的。

排骨王上午去做生意，下午和晚上就去医院陪张忠，他暗下决心，将来也要像张忠那样做一位无愧于天地良心的男子汉。

晚上一点多钟，张忠的老婆果然来了，阿芳他们去了火车站接她。张忠两个已成年的儿子第二天也来了。

也许张忠的生病提醒了东生，房租到期后，他对我说："现在什么东西都涨价了，你涨房租也合情合理，我照样会住，不会像张忠那样看不开。"他说得极诚恳，我听了心里一阵冷笑。

东生对张忠的热心，大家都嗤之以鼻，都认为是他侵吞了张忠的血汗钱，致使张忠到了这种有家难回的地步。

大家得知我是因无赖打架一事耿耿于怀，才决定整顿店规，给他们适当调价的，个个都在我面前为自己开脱，说我去劝无赖不要打架时，他们不在场。

我一连两天都买了水果去医院看张忠，见他呼吸困难，眼窝深陷，瘦得皮包骨头，想起他以往的艰辛，觉得他特可怜。我对他的家人说，你们一定要舍得花钱，尽力把他的病治好。我查看了主治医生的简历，是个儿科医生，便劝他们赶紧去找医治胸肺病的专科医生来治疗。他们听从了建议，下午用药后，不知是回光返照，还是有所好转，晚上他们一家人有说有笑，其乐融融。张忠能吃小半碗饭了，我得知后心里很是欣慰。

第二天晚上我再去探望时，张忠却突然病情恶化。见满屋放着的都是用于抢救危重病人的医疗仪器和各种针剂，我心里一颤，听他很费劲地说了一句"老板娘，你是好人"，我竟然感动得泪流满面。

我见他眼神痴呆，便预感他危在旦夕。

深夜两点多钟，电话突然响了，是东生在乡下打石场打过来的，说张忠刚刚去世，让我告诉排骨王、肖山、阿芳他们。

我一听简直不敢相信这是真的，一个年初一还去上班，与命运搏击的生龙活虎的男子汉，想不到说走就走，一眨眼便去了另一个世界。听说张忠的最后一句话竟然是在电话里叫"东生"，张忠要在电话里说什么，大家心里好像清楚，又好像不清楚，一时觉得东生害了他，没有把工钱给他，一时又觉得不是，谁叫他把这千把块钱看得这么重，不顾家庭和亲情。三年了，没见他跟家里人通过一次电话，很多人都以为张忠在吹牛，可能根本就是个光棍汉。三年后，张忠的妻子带着两个帅气的儿子在住院部，全家人既是团圆，又是诀别，谁都在为他们心碎，替张忠惋惜。

值得欣慰的是老婆相信他，儿子理解他，深知他过日子的艰辛，知道他天真地一直就想通过买彩票一夜暴富，让亲人过上好日子。

早上七点多钟，肖山、排骨王、阿芳都去了火车站为母子三人送行。他们惊讶地发现母子三人竟然没有一个人哭。张忠的老婆只是平静地交代肖山他们要把张忠放在房东那里的东西处理掉，并拿出三百元钱交代肖山帮忙还给房东。

肖山慎重地接过钱，发现小儿子把张忠的骨灰盒当提包一样一只手提着上了火车，突然哭了，老泪纵横。他跑到火车窗外，声音哽咽地大声吼道："小伙子，你要用双手把他抱在胸前，他不是东西，他是一位一直就很艰辛地用生命努力为你们创造幸福生活的父亲，是和你们一起回家的亲人。"

肖山的话一下把凝重的气氛打破了，大家挥泪告别，掩面而泣，一句话也说不出来。

东生去了张忠原来上班的打石场做事，当他气喘吁吁地拿着预借的一千元工资赶到火站时，火车已开走了。

他们从火车站回来，便一起去处理张忠的遗物。他们把张忠的衣服、被子全部丢到垃圾堆去了，余下的生活用品被他们分掉。东生拿了一双鞋，排骨王拿了一只热水壶，本想再拿只热水瓶，却被阿芳拿走了。大部分东西，只要阿芳认为有用，也不过问其他人要不要，毫不客气地拿走了。事后他们都对阿芳愤愤不平，说她心恶，张忠有病大家都很关心，她凭什么要这么多东西？

死的死了，活着的还要活下去，听他们说着刻薄的话语互相数落，我真为弱势者悲哀。张忠一条命都没了，他们却在斤斤计较地为这点可怜的遗物扯皮，有意义吗？

肖山睡了一天，似乎有所觉悟，心里就像阴天望见了太阳，敞亮不已。第二天他便对我说准备回家，是福不是祸，是祸躲不过，该面对的还是要回去面对，连死都不怕，还怕什么三角债？

我破天荒地买了两瓶白酒，炒了几个菜，为肖山饯行，并请排骨王、东生、阿芳作陪。排骨王在自己边上多放了一张凳子、一副碗筷，说这是给张忠留的。大家端起酒杯时，竟不约而同地站起来，郑重其事地提议，这第一杯酒为张忠壮行，愿他一路走好。气氛肃穆、凝重，令我至今难忘。

张忠的逝世，使我对人生突然有种感悟，人生苦短，活着就要好好珍惜，好好把握。人海茫茫，能在一起确实是缘分，要好好相处，对人对事都要多一分宽容。万贯家产，生不带来，死不带去，千万不要做金钱的奴隶。为无赖劝架的事，我已不会看重了，好像多了一份宽容和理解，对张忠没有来拉架也觉得情有可原。

张忠一生坎坷不平的遭遇，与命运百折不挠的抗争精神，深深地震撼了我，引起了我的同情。感慨之余，我为将来如何面对现实又做了一次调整，经营旅店的方式也恢复了从前，价格不变。自己在心理上经过这次激荡更成熟了，真是“吃一堑，长一智”，生活中的哲理一辈子也学不完、参不透。

第二十六章　神经病

阿牛常常以张忠为榜样，想做一个有骨气的大家喜欢的男子汉。自从张忠病逝以后，阿牛似乎有所醒悟，学张忠那一套实在太累，太可怕了，连命都丢了，实在不值得。

阿牛很害怕人家说他神经病，因为神经病绝对不是受人敬重的男子汉。大家一说起神经病就会说要把他们关起来，或把他们流放到遥远的外地去，让他们回不了家。所以，只要有谁在阿牛面前谈起神经病，他就会谈虎色变，眼瞪得铜锣大，并声言谁叫他神经病，他会一拳打得人家满地找牙。此话一出，与他无冤无仇，自然谁也不会去招惹他，且会一本正经地叫他"经理""结扎官"。他开心得不分东西南北，口袋里即使是最后一支烟也会让给人家抽。

近来阿牛跟矮古的接触多了些，闲来无事常会注意他的一言一行。突然阿牛发现矮古聪明绝顶，他不仅不怕人家说自己是神经病，而且常自谦自虐地在众人面前承认自己是神经病。他不但活得有滋有味，还有一帮人屁颠屁颠地跟在后面拍马屁，请他吃大鱼大肉。我是不是太傻了，矮古又矮又丑，又没力气，何德何能，竟活得如此潇洒。阿牛学了矮古的破罐子破摔，只要他不满意对方，他便翻白眼，人家问他是不是哪根神经搭错线了，他就会霸气十足地说："我是神经病，你能怎样?"

与阿牛搭话接触的人越来越少，知情的人都懒得理他，请他做事的人也越来越少，这样下去怎么得了？父亲重病缠身，危在旦夕，自顾不暇，没人请做事，没人给口饭吃，没人给钱，便是死路一条。他真搞不懂怎么回事，矮古可以自说神经病，而自己却不能，真是人心变得冷漠，或是自己碰鬼了，如此倒霉。

一日，阿牛坐在街上摆摊，正为没人请他做事而焦躁不安，唉声叹气。突然，身后的矮古摸了一下他的脑壳说："走，我请你当保镖，谁欺负我，你揍谁。”

“真的?”阿牛一听转悲为喜,高兴得蹦起来,立马神气地跟在矮古的后面,想着大显身手的时候到了,情不自禁地摩拳擦掌,洋洋得意,你矮古再刁钻古怪也有求我阿牛的时候。他们坐班车很快就来到了离县城四十多公里的一个最大的乡镇圩场。阿牛跟在矮古的身后,哪里人多往哪钻,哪里热闹往哪去。阿牛隐隐地发笑,觉得矮古请他是多此一举,现在到处都讲法治,有民警巡逻,谁敢欺负你矮古就是找抽,死路一条。于是他放心大胆地陪着矮古游逛,东瞧西看,当然,他关注最多的还是脚下,希望能捡几十元钱,过两天舒心的日子,更希望撞大运碰上哪位好汉施舍给他五十或一百元。他耐着性子逛街,东张西望,人挤人,一不留神,便与矮古走散了,一下惊得六神无主,紧张得如丧家之犬。正当他心急如焚地满街找矮古时,突然惊喜地发现矮古被两个人赶着正朝他走来。

“矮古,滚哪儿去了?”阿牛瞥了一眼矮古手上戴的手铐,诧异地看着他,心里明白矮古犯法了。“矮古,你要给我钱买车票回去。”

矮古不知自己是第几次进宫了,指着阿牛不慌不忙地对便衣警察说:“他是我的同伙。”随后阿牛也一起被带进了派出所。当那些穿制服的民警很威严地把阿牛带进办公室去询问时,他虽然没吓得屁滚尿流,心里却抖得发慌,紧张得急忙申辩说:“我不是他的同伙。”

“你真是神经病,帮你找一个免费吃住的去处多好,省得你每天为一日三餐发愁。”矮古说完疯子似的哈哈大笑。

“我不要。”阿牛大吼一声。

经过询问,民警从阿牛的眼神及言谈举止中认定他是被人利用的智障者。所长从口袋里拿出三十元递给阿牛,让他赶早坐车回去。

经过审讯,录口供,矮古当晚被送进了县拘留所关押,等待处理。

矮古也许确实累了,想再次“进宫”休养生息,也许真正醒悟,已有了悔意,临上警车时竟然表现出很滑稽的姿态,对民警深深地鞠了三个躬,以示诚挚的谢意。

阿牛回到县城后,对自己是不是神经病已无暇顾及,他又去眼镜老板父子俩的店里打工了。扛墙粉、扛水泥包,粉尘终究呛得难受,阿牛累得汗流浃背、气喘吁吁时，竟然想起矮古对他的好。他想起矮古最后那句“神经病，帮你找了一个免费吃住的场所也不要”，矮古每次从牢里出来都是神气十足的样子，也许牢饭真的好吃呢？

晚上，不到八点钟，人们开始了夜生活，阿牛却一声不哼地躺下了。对什么问题都从不深思的阿牛，仿佛床上长了刺似的，躺在上面辗转难眠，从不失眠的他失眠了。我是神经病吗？这个问题一直在脑海中盘旋，令他百思不得其解。他想起了眼镜老板说的那句话“人活着，即使挨饿，也不能丢了做人的骨气和尊严”，总算为自己找到了安慰，找到了令他理直气壮的理由，不一会便睡着了，而且睡得很踏实，很香。

第二十七章　醉酒

排骨王常把乞讨说成是做生意，矮古也跟他学了两招，把自己所干的上不得台面的事也说成是做生意。排骨王已醒悟，做起了正规合法的买卖，可矮古却依然如故。因他俩都会去乡下赶集，偶尔也会相互照应，自然而然靠得比较近。

排骨王本来不想回头与这些酒肉朋友相处，只因东生欠他两百元钱，至今分文没还。

阿牛常说自己爱憎分明，不像矮古有奶便是娘。

自从过年那个晚上，阿牛因排骨王把他冷落一旁，他实事求是地当场揭露排骨王是讨饭的乞丐被大家臭骂了一顿后，心里一直耿耿于怀，两个人撞在一起，竟似仇人相见分外眼红。

这天阿牛晚上无事便和大家一起在客厅看电视、闲聊。

“排骨王，相处这么长时间了，还不知你姓啥？”矮古无话找话。

“我姓刘，叫刘桂平。”排骨王粗声粗气地说。

阿牛一听，胸中如同潮水汹涌起伏，霎时勃然大怒，他义正词严地呵斥道：“我姓刘，你跟着姓刘，老板娘可以姓刘，就不准你姓刘，你要姓刘，老子就揍扁你。”

大家听了只是暗暗发笑，谁也不帮排骨王说话。阿牛这时觉得自己说话特有水平，有骨气，一句话就让大家哑口无言。他看上去一副高傲的样子，心里竟有种报复排骨王的快意。好在排骨王今天心情好，便没跟他计较。

第二天中午十二点多，烈日当空，艳阳高照，阿芳坐在门口乘凉，突然腾地站起来吃惊地说：“你们快来看，排骨王喝醉酒了，被阿牛一路搀扶着回来。”

东生急忙走到门口一看，只见矮古手拿排骨王的衣服在前面走，排骨王打着赤膊，残疾的手臂挥过去、摔过来，被阿牛架着深一脚、浅一脚，踉踉跄跄，一摇三晃地往前走。

“醉成这样，你们要扶他去医院解酒才行。”

阿牛一听，“啪”的一声把排骨王往屋檐下一放，排骨王没坐稳，摔躺在地下。大家七手八脚地把他扶进沙发凳坐稳，只见他脸上、手臂上被摔得青一块、紫一块。

“扶他去打针吧。”东生又一次提议说。

“不用，我以前常喝醉酒，从不打针，喝点白糖开水就行。”矮古把排骨王的衣服、手机往阿芳的身边一放，拿了一个杯子急忙去房间泡了一大杯白糖水出来，先自尝了一口，感觉合适，这才端给排骨王喝。矮古对一个外地人如此热心，大家都迷惑不解地看着他。

东生买了四瓶啤酒，炒了几个好菜，坐在客厅，正要请他的亲朋好友吃饭，因去年赌博欠排骨王的两百元钱至今未还，心虚，生怕排骨王借机撒酒疯要他还钱。他黑着脸呵斥阿牛扶排骨王去睡觉。

排骨王被阿牛扶进房间躺下不到五分钟，突然爬起来，走到东生大宴亲朋好友的客厅，盯着桌子上的美味佳肴说：“我不睡，东生，你说我对你怎么样。来，给我一杯酒喝。”

“你坐一边去，别捣乱，这些人是我的朋友。”东生咬牙切齿，露出一脸的凶相，吓得排骨王缩进房间，一声不哼。

待排骨王酒醒，坐在客厅，阿芳便好奇地问：“你中午怎么回事？醉得太吓人了。”

“上午碰见矮古，他说请我喝米酒，让我买下酒菜。我买了两斤肉，就在酒摊喝，一下一碗，一下又一碗，米酒好喝，也不知喝了多少，我一下就醉了。妈的，买的肉全被他吃了。”

“我说呢，不吃白不吃。”

“一斤肉十多块钱，不能白给他吃，得让他放血。”

“一碗酒一块五，十碗酒撑死你，矮古的脑袋够尖的，你想玩得过他，没门。”

“不放胆喝，划不来。”

“你借钱给人家赌博，不还，你屁也不敢放，不更亏了。”

“唉，他吃定我了，提也没用，权当自己买彩票亏了。”排骨王哭丧着脸无奈地摇摇头说。

过了两天，排骨王从乡下赶圩回来，买回来四斤猪头肉。东生、阿芳见状很热心，东生帮他切菜，阿芳帮他炒菜，排骨王买了两瓶啤酒，自然抹不开面子，少不了请他俩吃喝。

阿牛坐在边上，眼巴巴地看着他们个个吃得津津有味。排骨王就当没看见，哼也没哼一声，吃得嘴巴流油，喝得红光满面。

阿芳见阿牛盯着那盆肉，垂涎欲滴，实在过意不去，便说：“阿牛，来，你尝一下吧。”

阿牛欣喜若狂地拿了牙签串起肉就吃，待再要串肉吃时，阿芳见排骨王冷若冰霜，赶忙说：“阿牛，这盆肉不是我的，尝一下就行了。”

阿牛串起第二块肉放在嘴里，一脸的尴尬。

晚上，阿牛与排骨王并排坐在沙发上看电视。

“排骨王，前两天你在街上喝醉酒了，买菜的妇女说要打你，是我保护你说不准打，他们才没敢打。”阿牛提醒他说，见排骨王笑着点点头，满怀喜悦地说，“去端你的猪肉来吃吧。”

排骨王没搭理他，把眼一眨，当没听见。

阿牛于心不甘，又再一次提醒他说：“你醉得那么厉害，我不扶你回来，你不摔得头破血流，打赤膊躺在地上晒也晒死你。”

“是。”排骨王笑着肯定地点点头。

阿牛见状喜笑颜开，趁此机会再次提出：“去端你的猪肉来吃吧。”

排骨王仍不搭理他，只顾看电视。

“颠崽。”阿芳指着阿牛悄悄地对东生说。

“他下次喝酒醉死我也不管了。”阿牛怒吼一声，把凳子摔得“嘎嘎”响，一下就冲出外面去了。

阿牛的话和他的大嗓门，惊醒了所有在场的人，大家第一次发现阿牛也很有智慧，他的善举有目共睹，值得赞赏。

“排骨王，你醉得一塌糊涂，阿牛把你搀扶回来，就是你那一盆肉给他吃，他也承受得起，值得你感恩。”

“还说你也姓刘，他就是再傻，帮了你的忙，也不能瞧不起有恩于自己的本家人。”

“我最讨厌狗眼看人低，大家要互相帮忙才对，小气人刻薄发不了财。”

大家你一言、我一语，说得排骨王脸上挂不住了，自知犯了众怒，深深地叹了一口气，低下头，说了一句睡觉，便上楼去了。

他躺在床上唉声叹气，辗转难眠，一直想不通，没给阿牛吃肉，大家会愤愤不平，说三道四。东生向我借了两百元钱去赌博，快两年了，至今没还，你们为什么不出面说一下，难道我的钱是从天上掉下来的？再说以前我用乞讨来的钱，请你们吃吃喝喝还少吗？又有谁对我说过一句感谢的话呢？

阿牛从繁华的闹市区转了一圈回来，不知忘性大，还是度量大，早已把吃肉的事丢到九霄云外去了。回到客厅，见大家都在看抗日救国的枪战片，他便搬了凳子坐在客厅的正中央看，看得津津有味，喜笑颜开。

第三天，排骨王得知阿牛已下班，便急忙从房间里出来：“阿牛，那碗里还有肉，你端出来吃掉吧。”

“我不要。”阿牛不屑一顾的神情，令在场的人惊讶。

“你们看，我给他肉吃，他不要。”排骨王哭笑不得地说。

“你吃了两天了，剩下的给我吃，我怕生病，不要。”

谁都认为阿牛捡回了自己的尊严。

排骨王在众人的鄙视下，灰溜溜地上街去了。

“排骨王，你有本事到外面去喝醉酒，看有鬼会帮你。”阿牛冲着排骨王的背影愤怒地喊道。

“谁叫你要扶他回来，后悔了吧。”阿芳笑着说。

“对，我想起来了，是矮古，他说会给钱。妈的，矮古拿钱来，想要我，没门。”阿牛突然站起来，怒发冲冠，立马跑到矮古的门前把门捶得“咚咚”响。

客厅里的人哈哈大笑，做好事也要看人的思想境界，看他所处的环境和所受的教育。想让每天为解决温饱疲于奔命的阿牛做新时代的活雷锋，无偿地把醉酒的排骨王扶回来，岂不是天方夜谭！

第二十八章　心结

王老板因捐款给原员工的事，被妻子骂得狗血喷头，里外不是人。他躺在床上翻来覆去，怎么也想不明白，跟董事长无冤无仇，就事论事，怎么能用这种缺德的损招呢？唉，以后怎么办？钱捐了，铁石返工的事也顺理成章地解决了。可是大脑却像被谁恨恨地敲了一竹杠似的晕头转向，不知该迈向何方。想想自己一介武夫，头脑简单，有勇无谋，要想在城里干出一番事业，确实不易，这次如果不是被江林点化，至今还在为铁石返工的事纠结。他得知江林有官不当，把握机遇，自己出来创业，把生意做得风生水起，佩服得五体投地，似找到了指路明灯。他把江林视为榜样，视为朋友，视为无话不说的知己，什么事都愿与他探讨商议。

江林过去因家庭出身问题受到歧视，经历了不少风风雨雨，那些虚荣的光环早已被他丢在脑后，他想利用改革开放的大好政策办实业。他与王老板可算是不谋而合，因自己把最好的青春年华奉献给了桂花村，是桂花村锻炼了他，让他成为刚强的男子汉，让他有了第二个故乡。

江林每次与王老板相处，都有种老乡见老乡的感觉，一见如故。桂花村的父老乡亲、山山水水依然吸引着他，一想起在桂花村战天斗地的峥嵘岁月他就心潮澎湃，热血沸腾。他感谢那些生活中的磨砺，锻炼了他坚强的意志，成就了他开拓事业的辉煌。

江林自从得知阿牛就是当年初恋女子的儿子时，顿时脸上闪过一丝不易察觉的惊异之色，特别是得知他们母子悲惨遭遇时，一下就懵了，似受了棒击一般，呆坐在凳子上，半天没动弹。一连几天坐卧不安，夜不能寐，自此有了心结，他对谁都不能说，也不敢说。在夜深人静时，心中的纠结压得他几乎喘不过气来。他一时觉得自己太自私，为了自己的前程，圆大学梦，很轻易地就跟初恋女子分手了，对一个农村姑娘的痴情、哀求竟然无动于衷。

因为他觉得一个让他大展宏图的时代到来了，他不能这么早就被婚姻家庭束缚，更不愿做脸朝黄土、背朝天的农民。

大学还没毕业，听桂花村的人说，那女子已结婚，而且生了一个大胖小子，丈夫是泥瓦匠，他自认为那女子有了好归宿。大学毕业后的第二年，他娶了一位税务干部做妻子，虽然只生了一个儿子，可儿子聪明、乖巧、懂事，让父母很是欣慰。

近三十年过去了，人们常说初恋是最难忘的，他偶尔也会想起下放农村的艰苦岁月，想起自己的初恋，可他并不后悔，觉得与那女子是有缘无分，是人生过程中的一支小插曲。现在阿牛的出现，突然唤醒的不是二十多年前的记忆，而是道义和良知的拷问。阿牛是他父亲在孤苦无依、无儿无女、万般无奈的情况下让他认祖归宗的，难道……他的心里就像泛开了潮水，怎么也平静不下来。

我是不是昏头了，阿牛姓刘，是他们刘家的人，我操哪门子心。他父亲对他十分怜爱，无私付出，牵肠挂肚，不正是亲生父亲所为吗？听说他父亲得了肝癌，时日不多，民政局已答应他父亲将他送进养老院，有关部门正在为阿牛办理享受五保户待遇的相关手续。他父亲想在有生之年，把阿牛以智障者为由送进养老院，为儿子找到真正有社会保障的不愁吃穿的好归属，只有做父亲的才能为儿子从长计议，彻底解决后顾之忧。江林想到这，心结好像打开了，心情忽然轻松，仿佛卸下了一个沉重的包袱。

父亲住院了，起初阿牛每天都会去医院探望，自从在医院碰见堂兄把已办好的五保户证送给父亲，说民政局的领导已表态随时可以把他送进养老院时，一下慌了，对养老院束缚的恐惧，吓得他歇斯底里地吼道："我不去养老院，那不是年轻人的地盘。"说完，他气呼呼地跑出去了。

阿牛一连几天都没去医院，生怕一不小心被父亲和堂兄算计把他送进养老院。父亲想儿子一下没有反应过来，待得知在那里可衣来伸手、饭来张口，过无忧无虑的生活时，会求之不得。哪承想，一个礼拜过去了，儿子却无影无踪，这才觉得要送阿牛进养老院并非易事，心想阿牛常去王老板那里找事做，到江林父子俩的公司做搬运工，让他们劝劝阿牛也许会听。

王老板接到阿牛父亲的电话，得知情况后，大骂阿牛笨蛋，有福不会享，并答应会抽时间去劝阿牛。

第二天，王老板骑着摩托车直接找到明强的涂料公司。阿牛和明强一个在车上，一个在车下，正忙着搬运货物。

王老板不急，盯着他们足足干了半个小时才干完。

“阿牛，怎么不去看你父亲？”

“我昨晚去了，还给了他两百元钱治病，不信你问眼镜老板，是他送我去的。”阿牛急忙申辩。

“是去了，他喋喋不休地对我说了半天，对父亲送他去养老院强烈不满。为了证明给他父亲看，他这个礼拜干得特卖力。”明强笑着说。

“这样干下去不行，他很难养活自己。”王老板担心地说。

“阿牛自己散漫惯了，年轻力壮的小伙子，为了免费的吃住，一天到晚与老人家捆在一起过日子，那不是要了他的命。”明强实话实说。

“唉，可怜天下父母心。”王老板叹了一口气，不由得摇摇头。

江林得知阿牛的父亲住院，一直就想去医院探望，可因与他妻子那微妙的关系，迟迟拿不出勇气。当从王老板那里得知他已命悬一线，希望见自己最后一面时，江林这才买了一箱奶急匆匆地来到医院。

春梅因感冒去医院看病，正巧碰上阿牛呆若木鸡地坐在过道的长椅上。

“阿牛，怎么没去上班，你父亲的病严重吗？”

“医生说很危险。”阿牛哭丧着脸说。

“走，带我去看看。”

春梅在桂花村时忙不过来，偶尔也会请阿牛帮忙。来到县城在腾飞旅店也曾相处过一段时间，常见他父亲送钱送物过来接济儿子，大家自然很熟悉。以前常见阿牛为吃穿发愁，为父亲不给钱发愁，为没事干发愁，为病人发愁还是第一次。他俩坐电梯上了四楼内科病房，阿牛朝父亲住的病房一指没再挪步。

“江老板来了，我爸说他俩有要紧的话说，让我出来。”阿牛淡淡地说，并不觉得奇怪。

“是吗?”春梅觉得事有蹊跷,一位事业有成的老板与一个落魄贫穷且危在旦夕的病人会有什么瓜葛,是品德高尚、心地善良捐款支助治病,还是有什么恩怨情仇,抑或是想临终托孤,女人的好奇心促使她走到窗外偷听,因里面说话的声音微弱,时断时续,只听了个八九不离十。

阿牛的父亲见江林来了,长舒一口气,断断续续地说开了。

“江老板,你坐吧,那里有凳,我们终于能够开诚布公地交谈了。如果我还能健康地活着,如果阿牛能乖乖地听我的安排进养老院,这些话我会带进坟墓,可命运偏偏不能如愿,不得不说。

“你也许不知道,其实我们俩都是他们母子的罪人,是阿牛姥姥的罪人。是我妻子对你的包容、理解,处处维护,让我吃醋,让我愤怒,让我无法忍受,我才一气之下抛弃他们母子俩的。是阿牛的姥姥含辛茹苦把他养大成人,你才有了光明的前程、平静的生活,心安理得地过了近三十年。

“是我们把一个追求美好爱情生活的女子逼到了死角,把一个健康活泼可爱的儿子变成了今天的智障者。阿牛是我唯一的希望,是我的根,是刘家的香火,任何人都不能把我儿子夺走。”阿牛父亲说到这里,露出了欣慰的笑容。

江林在病床前半天说不出话来,脑子乱成一片,这些话像重锤句句敲打着他的心,他仿佛站在被告席接受良心、道德的审判。

阿牛的父亲稍一停歇后又继续说:“好在阿牛生在一个好时代,政府很关心智障人士,让他有了一个好归宿,他母亲在天之灵也可安心了。我将不久于人世,已选好了养老院附近的山坡,到时葬在那里。我要看着我的儿子在养老院过上真正的幸福生活,可惜阿牛不懂我的良苦用心。我求你们帮忙多劝劝他,把他送进养老院。”

春梅自始至终没有听到江林说一句话,她再也忍不住了,眼睛发潮,冲动地打开门,直奔到阿牛父亲的病床前,安慰他说:“你放心吧,我们一定会把他送进养老院,让他过上衣食无忧的幸福生活。江老板,你说对吧?”春梅说完回头看看江林。

“对,对,对,没错,你放心好了,我们来想办法。”江林一下反应过来。

“你们俩答应我就放心了。你们忙吧，我这里又痛了，要叫医生打止痛针。”

阿牛的父亲捂住疼痛的腹部，眯着眼，脸色蜡黄，江林急忙去按铃声，医生、护士很快就来处理了。

江林做梦也没有想到，这个心结，会从阿牛的父亲那里得到证实，一连几天坐卧不安，心神不定，似跌进了情山恨海，心里久久难以平静。

夜幕降临了，王老板坐在阳台上，望着这迷人的夜色，凝视天上一颗颗闪亮的星星，似镶嵌在天幕上熠熠生辉的明珠，令人心旷神怡。

昨天，江林因与单位签订停薪留职的事快要到期，拜托王老板为他物色一位公司经理，这事一直在王老板脑海中盘旋。

当春梅很仗义地帮抛弃自己的未婚夫还掉借王老板的三千元债务时，王老板感动得无以言表。收吧，情理上应义民还，毕竟是为他所借；不收吧，看义民这样没道义的人，卖猪、砍树、打工赚了那么多钱，却从没有提过这事，哪里会还，到时心一横，说春梅借的钱与他无关，哭天喊地也没用。

春梅还钱自有她的道理，王老板如果不慷慨地借钱给她，不相信她的信用，不看重她的人品，她也很难凑够这五千元钱。义民没出来，就没有这些流言蜚语，自己也不会受伤害，遭抛弃，也许早已成了桂花村的农妇，一天到晚被圈在那一亩三分地里，为桂花村人繁衍子孙，在山旮旯了此一生。

自从被世俗所迫离开桂花村，重新选择了另一种生活环境，春梅在繁华的都市开阔了视野，接触了不少事业有成的人，突然发现天地之大，这是一个天高任鸟飞、海阔凭鱼跃的世界。当她如鱼得水地穿梭于繁忙的都市，当她的心灵在生活中得到一次次的撞击、升华，她很庆幸自己走出了贫穷的大山，选择了城里人的生活，是城里的文明、进步改变了她前进的方向，让她的灵魂得到洗礼。

她对桂花村的长舌妇、无情无义的义民再也恨不起来了，让桂花村灵魂肮脏的小人后悔去吧。

她很感激王老板，感激桂花村人，是他们让她受教，让她成长。自己为义民还清王老板三千元，权当是为自己在生活中少走弯路缴学费，为自己在桂花村的过往画了一个圆满的句号。

王老板也算是个热心的人，自从得知江林妻子病故，孑然一身，见到春梅还钱的那一刻，便想这么优秀的女子不能过上幸福生活，老天就太不长眼了。他突然灵机一动，心血来潮，想成人之美，为江林与春梅牵线搭桥。如果不是他们年龄有些悬殊，他早就安排他们相亲了。江林的公司要聘经理，王老板很快就想到了春梅，想借此机会让他们走到一起。

第二十九章　进厂

生命苦短，人生无常。

在江林、春梅探望阿牛父亲的第三天，癌症就夺去了阿牛父亲的生命，结束了他苦难、懊悔的一生。亲戚朋友应他的要求，把他的骨灰葬在离养老院很近的山坡上。亲戚都用和蔼可亲的口气告诫阿牛，以后什么事都要靠你自己了，要好好过日子，政府有了补助的钱会拿给你。

阿牛回到住处，在房间里躺了两天，一时觉得爸死了好，没人管，自由；一时觉得爸死了不好，以后没人给钱用了，没有人买衣服给他。不管如何想，第三天还得照样找事做，一天也不敢偷懒。听说爸死了，政府有钱补助，上班也不怎么卖力了。他不管走到哪，生怕人家不知道似的，也许想得到人家的同情，给个两三块钱吧，把“我爸死了”这句话常挂在嘴边，付房租也没以前爽快了，拖欠或不叫就不付，叫他付，他露出凶相大吼道：“别吵，我爸死了，很烦。”

“你爸死了，也不能赖账，年轻力壮，赚了钱，不付怎么行，我爸没死，还不是要靠我们自己。”

“别说你爸死了，就是你快死了，也得给呀。”

大家都觉得他特可笑，你一言、我一言地说。

“我到别处去住。”阿牛头一歪说。

“去吧，你到哪个店住都得付钱，你爸死了不是理由。”

他见我没让步，这才掏出钱给我。

过了一个星期，阿牛跑回老家去要政府给的钱，被堂哥一恐一吓赶紧回来。问他原因，他说政府的补助被银行扣了贷款，堂兄说他爸还欠三千元没还，不还要把他抓去坐牢。

看着阿牛坐在屋角唉声叹气，愁容满面，大家禁不住哈哈大笑。

他堂兄真是大智慧，一下抓住了阿牛的要害，想用这招迫使他进养老院，或是想独吞阿牛的政府补助费，不得而知。

找不到轻松的事做，阿牛不得不又回到江林的公司去扛水泥包。

“我爸死了。”这是阿牛现在一见熟人的第一句话。起初还觉得他可怜，给他两三块钱，听多了觉得可笑，大家便合起来戏弄他。

“认我做干爸，我给五十元。”

“认我做干爸，我加一百。”

江林听了心里很不是滋味，黑着脸，谁也不知他心中的难言之隐。

“阿牛，扛包粉尘太大，我介绍你去制衣厂干吧。”江林很温和地说。

“行啊。”想起工人胸前挂着厂牌的威风，阿牛惊喜得两眼放光。

“先用着，你下午来找我。”江林掏出一百元递给他。阿牛接过钱欢天喜地跑开了。

本来进厂就是令他羡慕神往已久的事，江林又给了一百元钱，真是雪中送炭，喜上加喜。

一回到住处，阿牛突然从后面抱着矮古的腰得意忘形地说“我爸死了”，而后拿出江林给的百元大钞在每个人的面前晃了一遍。他爸去世以后，他第一次春风得意，见谁都很亲切，以前从不跟广东老头打招呼，现在见老头打开高压锅，里面煲了半高压锅的排骨汤，便说：“老头，煲了这么多排骨汤，怎么吃呀？”

“是呀，是啊。”老头见很多人盯着他看，很得意地说。

“吃呀，吃呀。我去拿碗来。”阿牛以为叫他吃，拿了碗，装了满满一碗，稀里哗啦一下就吃完了，不过瘾。老头露出一脸的苦笑，只好随他去。阿牛又打开高压锅看。

“老头，还有这么多。”

“是呀，是呀。”老头随口说。

“好，我再吃一碗。”

阿牛心里喜滋滋的，脸上带着动人的微笑，像只鸽子似的不住地点头。他又盛了满满一大碗，吃完，这才有了饱意，心满意足地走了。老爸死了，想想这么刁钻的广东老头能请自己吃排骨汤，心里觉得暖乎乎的。

大家见一贯小气的老头，冷若冰霜，觉得特有趣，特开心，都说傻人有傻福，广东老头却是哑巴吃黄连，有苦难言，心疼了半天。

按往常的习惯，阿牛肯定要用完这张红票子才会去做事。这次不同，是江老板介绍他去进厂，多有面子呀，机不可失，时不再来。阿牛正想入非非，洋洋得意，一个曾与他一起在江林那里扛包的民工，骑着摩托车在门口“嘎”的一声停下，跑进来说：“阿牛，你想进厂，我带你去我的朋友那里做，离这很近，江老板介绍的工厂太远了，走路得半天。”

“有厂牌挂吗？”

“有哇，你要挂多大的厂牌，我叫朋友给你做。”

“行。”阿牛蹦起来，刚要跟他去，转而一想，又觉得不对头，常见厂里的工人挂的厂牌都像身份证一样小，为什么我的可以随便定做？难道他们也知道我爸死了，我可以搞特殊？对，我得让他们做大一点的厂牌，远远就可瞧见。阿牛想妥当，这才坐上摩托车，很快就到了就近的服装加工厂。中晚餐包吃，厂里早就想招一名干力气活的，老板见阿牛五大三粗就留下了他做打杂工，主要是搞搬运。老板带他进车间，对女车间主任交代一番就出去了。

“你把那墙角下放的一捆捆布扛二楼去给师傅裁剪。”主任指挥阿牛说。

“美女，我还没有发厂牌呢。”阿牛以为主任忘了，觉得事情非同小可，得提醒她。

“干得好，明天就发给你。”主任笑着说。

“我有力气，会干得很好，你现在就发给我吧。我不要很大的，戴着怕很累，就跟你的一样大就行。”阿牛见主任说话亲切，一见如故，大着胆子提出来。因阿牛不知叫她什么，便记着肖山教他的见女人叫美女、男人叫帅哥就行。

“那你明天上班带身份证来吧。”

“好的，好的。”

阿牛吃了定心丸，干劲十足，上楼梯就像走平地一样，健步如飞。

晚上，他很疲惫地坐在客厅看电视。

“阿牛，厂牌呢？”

“她叫我明天带身份证去就给。”阿牛很向往，心里却有几分忐忑。

第二天，阿牛果然带回了厂牌，一进门，兴高采烈，把厂牌举在头顶上亮相，觉得不过瘾，生怕人家没看清，又挂在胸前在每个人面前晃一遍。

“你看，你摸摸，这是真的，我们上班都要这样挂。”

“阿牛，当工人了，了不起啊，你看我们想进厂都没人要。”

阿牛见大家都笑嘻嘻地替他高兴，心里就像喝了蜜似的，他昂首挺胸，特自豪。

上班了，师傅见他做事很卖力，问他老板给多少钱工资。阿牛这几天为了厂牌而奋斗，根本没问工资的事，经提醒，他立马就去找老板。

“老板，我多少工资?”

“做得好会加工资。”

“我爸死了，我会做好的，你现在就给我加吧。我没钱吃早餐了。”阿牛急火火地说。

老板笑笑，啥也没说，找到财务科，交代他们把阿牛每天的加班费先发给他，每天十元，三天共三十元。阿牛接过钱，以为是工资，想想每天在老板厂里吃两餐，也知足了。

这几天阿牛从早上七点钟上到晚上十点钟才下班回家，店里突然清静了许多，我心里也有了一份宁静，真希望他一直这样干下去。

几天的新鲜一过，阿牛下班回来已不是喜笑颜开，而是一脸的疲惫。

“唉，没意思，伙食又差，一天到晚把布搬过来搬过去，你们看我的手都过敏了。”

我走近前看他的手臂，说:“你这是蓝颜色粘的，不是过敏，不用怕。”

又过了两天。

“老子不干了，才给十元钱。”阿牛一想，积压在心里的怨恨似火山一样爆发。

“有没搞错?”

“我今天对老板说，不想干了，时间太长，很累。老板说，计件也行，不用上晚班。我今天扛了一天包，下班时老板只给了十元。我在想，我办厂，他替我扛，我也给他十元。”

“行啊，阿牛想做老板了，我替你扛包，给我十元。”

“不要，就要老板来扛。”

“阿牛，你办厂，大家都会帮你，给十元行，不给钱，给饭吃也行。”

大家你一言、我一语，阿牛的气消了一大半，毕竟在老板那里吃了两餐，十元钱吃早餐绰绰有余。

这天上班，阿牛八点多钟才去，老板叫他要早点来，阿牛头一歪凶巴巴地说：“来这么早干啥，来喂豺狗、喂老虎吗？”

“吃火药了。”老板眉头一皱，很不快地说。

“我不干了，每天才给十元。”阿牛说得脸红脖子粗。

“行，跟我来。”老板把他带进财务科，叫会计给他结账，上班八天，每天五十元。

“呀，太好了。”阿牛惊喜地从会计手上接过四百元钱，顿时心花怒放，喜上眉梢，嘴咧得如同一朵绽放的荷花，笑得久久合不拢嘴。

阿牛看看手中的钞票，看看老板对自己发出善意的笑，突然，激动得冲出厂房，对着空旷的大院，大吼一声：“老爸，我有好多钱了。”

阿牛自己也觉得奇怪，以前每次赚钱了，第一个要告诉的就是姥姥，可现在怎么会变成了老爸。

阿牛离开了服装加工厂，仰望苍天，觉得今天的太阳格外亮，天空格外蓝。他喜滋滋地一口气冲到江林的公司门口，拿出四张百元大钞，得意地向民工们挥挥手。

“经理，发财了？”那个当年常用摩托车载他上下班的民工很大声地问。

阿牛见江林从屋里出来，生怕他会要回去那一百元钱，跑得比兔子还快，惹得大家哈哈大笑。

阿牛从此告别了进厂打工的生涯，那块束缚他的厂牌已成了他光辉历史的见证。

第三十章　归宿

阿牛如能在养老院度过余生，可谓皆大欢喜，对他自己，对死去的父母，对活着的亲人都是最大的安慰，也是他最好的归宿，彻底解决了后顾之忧。

最令江林头痛的是他偏不知天高地厚，好说歹说也不愿去。怎么办？江林打电话给王老板，希望他能说服阿牛。春梅虽然是外地人，与阿牛却一见如故，人也善良，热心肠，那天在医院探视当大家的面已承诺帮忙，听说正在想办法劝说阿牛。只要他俩帮忙，事情一定会办妥，阿牛这次能听劝去服装厂上班，也算欣慰。

春梅一直没忘记在阿牛父亲临死前的承诺，有一个礼拜没见阿牛了，也不知他过得如何，思想是否转变，逢礼拜天过来看他。

"大美女，我爸死了，我有钱了。"阿牛兴奋得两眼放光，从裤袋里搜出一把钱给春梅看，只可惜几天的时间四百元钱剩下了不到一百元。阿牛以前口袋里只要有两三块钱，心里就不会慌，现在身上还有几十元，自然优哉游哉，天不怕，地不怕。

"大美女，我们这里一点也不好，你去说一下，我们把户口转赣州去，归赣州管更好。"阿牛谈正事一般，一脸的严肃。

"为什么？"春梅奇怪地看着他。

"到那里不用这么辛苦就可以赚很多钱，我去赣州上过班。"阿牛异想天开地说。

"胡说，你以为赣州有遍地黄金让你捡，没文化没技术，到哪里都是卖苦力挣钱。"春梅哭笑不得。

阿牛在这么艰难的环境下生存，想不到会有这种想法，确实出人意料。

"真正最好的地方，就是去养老院，吃穿不愁，你看，矮古想去还去不了，不收他。"春梅轻声细语地劝说。

"不去，不去，我还没老。"阿牛的头摇得像拨浪鼓。

真是秀才遇到兵，有理讲不清。想不到这件事对脾气犟的阿牛来说，简直是牵牛上树，谁也勉强不了他，也很难说服他。尽管这样，春梅并不灰心，承诺的事就要讲诚信，说到做到。

“阿牛，你记住，你实在过不下去了，就来找我，我会帮你。”

阿牛看见春梅远去，急忙追到门口想说点什么，一时又想不起来。

阿牛的钱用完了，因怕江林会要他还那给他的一百元钱，再没事做他也不敢到江林那里去扛包，偶尔还会去眼镜老板的涂料公司赚点搬运费度日。这次无意中却让明强做了这桩好事。说来也简单，因要把养老院外墙刷新一遍，两位院领导找了几家涂料公司协商，发现明强的报价比其他公司的报价低10%。领导也是爽快人，当即拍板，只要明强愿意承包，立马签订合同，三十天完工。

明强与来买涂料的师傅经常有联系，市场价位他了然于心，他打电话请了四位师傅，带了阿牛一起去养老院现场察看，了解到养老院还可以包吃住。阿牛、矮古被请去做小工，一天工资五十元，帮忙提送涂料。四个师傅有家室，一下班骑了摩托车急忙回家，留下阿牛、矮古免费在这里吃住。

住了不到一个礼拜，阿牛突然发现，这里不仅环境优美，而且并不是自己以前所想的老人的地盘，这里男女老少都有。他们在这里很安逸地被政府养着，不像在赌场那样紧张地端免费餐吃。他们想玩就玩，想吃就吃，想睡就睡，而且常有志愿者、好心人慰问他们，送吃的，送衣服，还帮他们做事，跳舞给他们看，这让阿牛特羡慕。

一日，阿牛见到以前被他吓得老鼠见了猫似的神经病。神经病笑眯眯地抱一箱方便面，在他面前耍威风，嘻嘻哈哈地气他。阿牛叫他给包方便面吃，他死活不肯。阿牛气得火冒三丈，眼露凶光，仿佛要把他生吞活剥。可惜，那个神经病在养老院早已养得白白胖胖，一身胆气，以前唯唯诺诺，见了阿牛就躲的神经病早已脱胎换骨。实际上他并不是神经病，只是比阿牛更严重的智障人士。

矮古见阿牛的凶样大笑。

“阿牛，不听老人言，吃亏在眼前，你爸帮你办了五保户证，送你到这里来享受，不来，后悔了吧？”

矮古的话惊醒了他。

“老子不干了，我要回去拿五保户证。”阿牛把脏兮兮的衣服脱下往地上一摔，气呼呼地扬长而去。

回到老家，阿牛找到堂兄说来拿五保户证，他要进养老院。

堂兄说养老院住满了，进不去了。

阿牛一听傻了，站在那不知所措。堂兄不管他，忙自己的事去了。

阿牛回到县城，想起春梅说过，有事可找她帮忙，便急急忙忙地找到在售楼部上班的春梅。

结果，水到渠成。

春梅、王老板、阿牛被江林请去他家吃了一顿从外面大酒店叫来的丰盛的中餐。江林打电话给阿牛的堂兄，给民政局，跟养老院联系好，准备把阿牛送进养老院。

阿牛看着放在他面前的一堆新衣服，春梅一件件地帮他试穿。阿牛高兴之余又有些忐忑不安，想起自己为了一套运动服在江林的公司累得半死，疑虑便蹦了出来。

“大美女，江老板为什么要买衣服给我穿，他是亲戚吗？他会不会扣我的工资？”

春梅只是笑而不答。

“他是你的亲戚。”王老板故意严肃地说。

“我跟他是什么亲戚？”阿牛挖空心思就是想不起来。

“你说了算，你说是什么亲戚就是什么亲戚。”王老板笑着说。

阿牛想起刚进城时，矮古曾在路摊上买过一套廉价的迷彩服给他，想起在王老板那里上班时曾买过一辆旧单车送给他，想起江老板每次都用桂花村的口音跟他说话，突然惊喜地脱口而出：“他是我的老乡，桂花村人。”

疑问解开了，心里的石头落了地，他望着从来没有过的这么多新衣服，心里乐开了花，激动得突然跑到蓝天下仰天大笑：“姥姥，我有当老板的老乡了。”

江林买了春夏秋冬的一应衣服，带阿牛理了发，穿西装打领带。下午三点钟，江林开着车，由春梅、王老板陪着，把焕然一新、春风满面、似新郎官的阿牛如愿以偿地送进了养老院——他未来的家。阿牛选择了一间能看见他父亲墓地的房间住。问他何故，他说，父亲临死前说过，他会保佑我，让我过上幸福生活，谁欺负我，他会帮我。

离开养老院，江林他们长舒了一口气，如释重负，仿佛完成了一件艰巨而伟大的使命。

阿牛的归宿提醒了矮古，改革开放近三十年了，大家都在抓住机遇，勤劳努力，发家致富，现在大家出门很少带现金，刷卡的多，再重操旧业，只有死路一条。自己一年年地老去，必得靠政府，听说农村搞种养有补助，无房的会安排住房，生活困难的还办低保，一个月有几百元的生活费。老话说，苦海无边，回头是岸，狗不嫌家贫，人不嫌地薄。再不走正道，天地不容。他打定主意，待养老院做的刷墙工程一结束，就领了工资回老家，再不出来晃了。

排骨王回到家果然如他所愿，春节前开了一家音响超市，娶妻生子，过上了小康生活。

阿芳怀的儿子误以为是一个老板的，敲了他一竹杠，待生下儿子时，这才发现问题的严重性。因为儿子是她酒后乱性怀上的，生怕儿子会落下什么先天性的病根，家里一打电话说儿子病了，她就胆战心惊。听说家乡已引进了外资企业，她便毫不犹豫地回家了，说要回去进厂赚钱，给儿子做个好榜样。

东生被妻子的最后通牒震住了，因怕妻子与自己分道扬镳，各奔前程，带着女儿远走高飞，不得已回家与妻子齐心协力，赚钱过日子。

肖山回家后，主动找到政府有关部门反映自己的三角债问题，引起了县领导的高度重视，相关部门已着手解决。

腾飞旅店周围几乎都是旧瓦房，因在城中心，已列入了棚改行列，即将拆除，从此我结束了十多年忙忙碌碌、辛勤操劳的经商生涯。

老话说："世上没有不散的筵席。"我目送着他们一个个离我而去，挥手告别，心中难分难舍，愿他们安居乐业，在当今国泰民安的法治社会里，相信他们一定会有一个美好的未来。

第三十一章　根在家乡

王老板接到铁厂董事长打来的电话,问他对承包铁厂意下如何,因一时拿不定主意,董事长让他考虑两天再答复。今天是第二天了,吃早餐后,王老板直接就找到江林的公司。

江林见他一早就来找自己,奇怪地问:“你有何贵干?”

“上门讨教。”王老板说完便把能否承包铁厂的事征求他的意见。

“这有什么可犹豫的,哪里跌跤,就从哪里爬起来。”江林斩钉截铁地说。

“从哪里爬? 怎么爬?”王老板脸上的笑容陡然消失。

江林也不急着回答,泡了一壶普洱茶放在茶几上,坐定,而后意味深长地说:“你回桂花村去竞选村主任吧,树高千丈,叶落归根。家乡的山山水水、一片片梯田就是我们农民的根。把自己的家乡建设好,才是我们的根本,才对得起我们的父老乡亲,对得起我们的子子孙孙。我们不要做无根的草漂泊在这个世上,我们要把自己的根在家乡扎深扎牢,让它生根发芽,蓬勃生长。”

“你怎么会这么想?”王老板激动得心里像有一锅沸腾的油,烧灼着。

“为了向阿牛的父母、姥姥赎罪,为了良心和道义,为了关心和爱护过阿牛的桂花村的父老乡亲,我愿与你一起共同努力,把桂花村建设成美丽乡村。”江林说到这,心情像是古潭里的深水,扬起波涛,激荡得久久难以平静。

王老板听了江林的一席话,心情就像五月的春潮般翻腾起伏。

江林的高瞻远瞩,重情重义,乍听让他意外,细想又在情理之中。

他们这次谈得很投机,不谋而合,给了王老板极大的信心。他暗想,有江林的智慧及他各方面的人脉,有党的好政策及父老乡亲的大力支持,回乡当村主任一定会大展宏图。

王老板从江林那里出来,感到心里像推开一扇窗那样敞亮,像湛蓝的天空一样开阔。

他跑到常回家乡搞种养的老乡那里去了解情况，去跟他们诉说自己准备回乡搞建设的长远规划。

听说原来的村主任要退休了，义民正虎视眈眈地等着当村主任。王老板想，义民在村里的声望并不高，欠了自己一份情，借钱把他从牢里赎出来，想必不会为难自己。

太阳冉冉地从地平线上升起，燃烧的朝霞像一簇簇盛开在山顶上的烂漫的红花。

王老板邀请了春梅、铁厂董事长及几位比较有经济实力的朋友，江林则邀请了原来一起下放在桂花村的知青及在县里有关部门有实权的朋友，一起奔向桂花村考察。

镇政府得知情况，非常重视，镇长亲自接待，陪同考察参观，开座谈会，安排吃住。

王老板心诚则灵，可谓水到渠成，桂花村的村主任非他莫属。

江林与春梅相处了一段时间。春梅端庄大方，刻苦耐劳，美丽善良，通情达理，深深地吸引着江林。她坎坷的经历使人同情，对阿牛母亲般的关爱令他感动，让他时时不能忘怀。

一轮冰盘似的月亮，悄悄地爬上了塔顶，把倒影投入湖中。湖的周围古木参天，红叶灿烂，松柏滴翠，杨柳含烟，小径曲折。在这花前月下，江林第一次邀请春梅约会同游。

从桂花村考察回来，江林就把春梅视为知己，过了一个礼拜，他们又相约在湖边双双漫步。江林把自己如何下放桂花村，与阿牛母亲的情感纠葛，以及回城后的点点滴滴都毫不保留地对春梅和盘托出。因为有了大家共同关心的阿牛，他就必须让她了解自己，他是辜负了阿牛母亲的一片痴情，可他并不想推卸自己的责任。

春梅听江林诉说自己的风雨人生，了解了江林的人品，得知江林回城以后并不知道在这个世上还有阿牛的存在，得知江林醒悟以后将用自己的实际行动回报桂花村的父老乡亲，真诚地向他们忏悔，尽最大努力弥补自己的过错，她觉得他不掩饰是非，承认过错，勇于担当，是个有事业心、责任心的男子汉大丈夫。她从内心钦佩他，心存好感。她静静地倾听江林的诉说，说到情深处，心中奔涌出一种感动，一种说不清、道不明的情愫。一个事业有成的刚强的男子汉，在一个历经情感波折、同样重情重义的女子面前，把不轻易向人暴露的柔弱和过错，诚挚地向她倾诉，足以让她感动得柔肠寸断。

江林停薪留职还有两个月就要到期了，本想续签，听说政策有变，规定公职人员不准经商办公司，不得已，只好回单位上班。

这段时间江林一直在寻找能帮自己管理公司的人选。

今天，王老板觉得终于可以向他摊牌了，为他们做月下老人的时候到了。王老板打电话对江林说:“我已给你物色好了一位讲诚信，有情有义，正直善良，素质高的朋友帮你管理公司。我已替你先面试了，不过还得你自己见面以后才能定夺，晚上到我家里来包饺子吃，不见不散。”

江林抬头看看一团大火球似的夕阳，终于滚到西山背后去了，晚霞也收尽最后一抹光辉，天地渐渐昏暗下来。

他下班后，换好衣服，开车到超市买了一箱苹果，急忙往王老板的家里奔去。一进门，只见春梅有说有笑地与王老板的家人一起包饺子，忙得不亦乐乎。江林把提来的苹果往茶几上一放，挽起袖子就来帮忙。

“你免了吧，别把衣服弄脏了。春梅，饺子包好了，你也别干了，让我老婆去煮，走，我们到客厅喝茶。”

春梅去洗手，王老板忙着去泡茶。

“王老板，你帮我找的人呢，怎么还不来?”江林看天已断黑，问道。

王老板诡秘地笑笑，待春梅来到客厅，说道:“远在天边，近在眼前，满意吧。”

“哇，你敢戏弄我，看我不揍你。”江林笑着说。

“怎么？你以为我干不了吗?”春梅眼睛、眉毛都在笑。

“我怎么能让你受这份苦呢？那些民工素质低，粗话连篇，常常赤膊上阵，我行我素，很难驾驭的。”

“我行，我也常跟民工打交道，能做苦工的民工，心地都不坏。为了生存养家，他们也不易，相信我。”春梅说完，嫣然一笑，心突然怦怦乱跳，脸红得像火烧云一般。

江林见春梅抿着嘴笑，羞红的脸上现出两个酒窝儿，像刚刚开放的山茶花。

“你就做我的老板娘吧。”江林脱口而出，一颗心扑腾扑腾地敲击着胸膛。

春梅像是喝醉了酒似的，脸更红了。

“你不说我就当你答应了。”江林感情的潮水在放纵奔流，脸上洋溢着喜悦的光芒。他们的心越靠越近。

江林在单位上班一个月后，与春梅终于喜结良缘，佳偶天成。

第二年他们喜得千金，阿牛也会常出来玩，并被春梅留下吃了饭回去。

阿牛因相信父亲的遗言，死后会保佑他，所以一直在养老院住，哪也不去。每到清明节，他也会按照传统习俗为死去的父母亲及姥姥焚烧香纸、蜡烛。

江林的公司在春梅及儿子明强的通力合作、共同打理下生意做得红红火火。

王老板如愿以偿地当上了桂花村的村主任，听从江林的建议，带着妻儿老小回到家乡发展。江林负责招商引资，一有时间就往桂花村跑。他们干得热火朝天，盖大棚，养家禽，发展水果种植，带领大家发家致富，成绩卓著。

经过王老板他们多年的努力奋斗，桂花村终于被评为省级美丽乡村，慕名而来的游客络绎不绝。

人们常说上帝给你关了一扇门，便会给你打开一扇窗。企业改革让我失去了轻松自在、无忧无虑的生活，是下岗自主创业的艰辛，让我品尝到了在商海中的苦与乐。十多年来，我之所以能苦苦支撑起自己开的腾飞旅店，全仗了生活在我周围的弱势群体的支持和帮助，是他们开阔了我的视野，给了我一个不同的世界。原来不管你多辛苦，不管你穷与富，只要心态好，就可以开开心心。人活一世，无论年龄大小，总要遇到各种各样的事情。有顺心事，有烦心事，有难事，也有愁苦事。树欲静而风不止，逢山开路，遇水架桥，心态、素养、胸襟造就了我们的人生境界。他们让我懂得了人生其实没有什么过不去的坎，你只要将心态摆正，勇敢面对，诚心接受，退一步海阔天空的景色也很美。人生本不苦，苦的是欲望过多；人心本不累，累的是求索太甚。只要我们少一点奢望，多一点知足，这样就能活得幸福快乐。

后　　记

这部《根在家乡》我十多年前就开始酝酿了。因为忙,写写停停,下岗后,我用自己简陋破旧的砖瓦房开了一家极低档次的旅店,一干十七年,直至房屋拆建改造,才结束了开店的生涯。

房子有三栋,共二十间。为了生存,我低价租出去十多间,给那些长期漂泊在外、从五湖四海涌向定南淘金的外地人住。那些有点身份,口袋里装有不少钱的人士,偶尔住了一晚,发现这里大多住了一些为生存疲于奔命的人,再不想光顾了。我一直认为这是生活的常态。正因为有了他们的存在,这个社会才显得七彩斑斓,丰富多彩。被三角债追逼得被迫离乡背井的原房地产老板肖山,一心想做人上人的智障者阿牛,想快速轻松致富的发廊妹阿芳,乞丐排骨王,想不劳而获的东生……他们的故事,实际上就发生在我们周围,只是我们没有在意而已。我常常哀其不幸,怒其不争,也常常在他们苦难重重的生活博弈中,找到了生存的力量。

他们的三观各有不同,生存之道自然有着千差万别,他们的对与错,仁者见仁,智者见智,还是请读者评说吧。